U0452724

顾爷爷讲中国民间故事

1

（上古—秦汉）

顾希佳 编写

新版自序

这套书里的故事，都是从历代典籍中择选出来的古代民间故事。用今天的话来说，这是一种非物质文化遗产。一开始的时候，我们的祖先是用口头的方式在讲故事，后来有的作家觉得这些故事很好，就把它们写成文字，保存在古书里了。现在为了阅读方便，我把这些故事从古书里找出来，译成白话文，讲给大家听。

世界上有的民族，长期以来没有文字，他们传播故事的方式始终是口头流传。但是我们中国人很早就使用文字了，保存下来的古籍也特别多。从古籍中去了解民间故事，是一种历史研究的方法；对于今天的青少年来说，也是一种阅读经典、熟悉非物质文化遗产的途径。这里的故事，有不少是耳熟能详的，但是人们并不清楚它们在历史上的流播情形，本套书在每一个故事的最后，都介绍了这个故事的来源和流变情况，读一读这样的写本也会有一种别样的感觉。

这些古代民间故事从各个方面生动反映了我们祖先的生活情感和聪明智慧，热情讴歌了中华传统美德和民族精神。这样的写本可以作为青少年朋友的课外读物，用来扩大视野，陶冶情操；也可以作为家长和教师对少年儿童进行教育的有益素材；同时，还可以作为研究中国古代民间文学的参考文库。

今天的中老年人大多是听着故事长大的。不过，时代的发展十分迅猛，有人说，现在不是讲故事的人没有了，而是听故事的人快要没有了。随着手机的普及，静下心来听别人讲故事的习惯正在消失，会讲一肚子故事的老人也正在不断减少。在这种情况下，向大家推荐这样一套讲故事的书，也就显得更为迫切。

我们这套书里的故事，按故事所述年代的大致先后排列；和这个故事在历史上被讲述和被写成文字的时间并不一定吻合。不过，许多人关心的，其实都是故事本身。民间故事是民众的集体口头创作，一个故事的成功往往要经历许多代人的共同努力，这点大家都可以在阅读过程中体会得到。

这套书在1998年曾经由东方出版中心出版，十分感谢东方出版中心的编辑朋友。过了二十多年，承蒙青豆书坊又为这套书重新编排发行，还增加了许多精美的插图，使之焕然一新，更使我十分感动。借着再版的机会，再次感谢一直以来帮助过我的师长和朋友们，并衷心希望大家对本书提出宝贵批评。

顾希佳

2019 年 11 月 10 日

杭州秋水苑

前 言

我们知道，阿拉伯有一部著名的民间故事集《一千零一夜》，刚翻译到我国时，用的书名是《天方夜谭》。中国是屹立于世界东方的文明大国，历史十分悠长，故事的蕴藏量更为丰富，足可与阿拉伯的故事媲美。我们把这部中国民间故事选集定名为《东方夜谭》，自然包含着这么一层意思。

民间故事，一种在人民群众中广为流传的散文体文学门类，一般具有较完整的叙事结构，以情节生动见长，主要通过人们的口头世代相传。这些故事，有的是历史上曾经发生过的事，有一定的真实性；有的是人民大众的口头创造，反映人民大众的生活和思想情感，是一种集体的文学创作；也有的是文人先创作出来，然后在民间流传开来；甚至一些外国故事传来，时间一久，讲的人多了，也就"中国化"了。民间故事，短小精悍，叙述生动，易于被人们一再传讲，反复运用，而其中许多佳作又往往被文人一再采用，加以改编，再创作，发展成为小说、戏曲、长诗、绘画等其他艺术形式，比如《三国演义》《水浒传》《白蛇传》《梁山伯与祝英台》等。民间故事，虽然篇幅短小，却犹如一颗颗璀璨的明珠，光彩照人，意味深长，传达着祖先的喜怒哀乐，折射出岁月的酸甜苦辣。

我们知道，民间故事作为一种口头文学，展现的最佳方式是口头传讲。以往，我们总会遇到许多装了一肚子故事的老人，会对你娓娓道来；如今，这样的老人越来越难寻觅了。历史上一直口耳相传的故事，说不定在什么时候就"断链"了，失传了。所以，不论从欣赏的目的出发，还是为了研究的需要，我们都应该高度重视这一大批被历代文人记录下来的丰富多彩的故事。从历代典籍中把这些故事重新钩沉出来，变成今天的口头语言，再去还给人民群众，这是繁荣故事创作、继承故事遗产的重要途径。本书正是这样的一次尝试。

我们将典籍中的故事文字译写成现代白话时，尽可能使之接近于今人讲故事的口吻。译写基本忠实于原作，只对其中不适合今天时代的部分做了适当的改动。许多故事在历史上都有着一个发生、发展、逐渐丰满的过程，被历代文人一再撰写，往往会出现许多不同的版本。因此，译写时我们主要依据其中较为定型的、出现较早的一种文本，同时适当参考其他的几种重要文本，进行综合编译。

在每篇故事的最后，我都注明了出处，简要说明这个故事在历史上的演变情况，以及它在文学史上的地位等。这样做的目的是让读者知道，这个故事在什么朝代大概就已经是一种什么模样了，希望读者能够从中了解一些故事史的知识。

考虑到神话、寓言、笑话这几种故事样式，近年来已经出版了不少专集，而且其篇幅也往往特别短小，故本书未予收录；古代的长篇小说、戏曲、长诗中也含有一些故事名篇，但因其篇幅太长，也不宜收入；本书只从各种古籍中选取尚处于朴素故事形态的作品进行译写和介绍。因而，这个故事集主要选收的是民间传说这类作品样式。

　　这里需要说明的是，许多民间故事，原本是人们虚构出来的，没有确切的发生时间和地点。但是，我国又是一个历史观念十分强烈的国家，历代文人写作时，往往都不会忘记给自己的故事写上一个确切的"时间""地点"和主人公的姓名；非但如此，许多人讲故事时也会有这样的讲述习惯，一开头就交代这个故事发生在某朝某代某地，是某人的所作所为，明明是虚构出来的，也要说得有鼻子有眼。这正是我们中国故事与西方故事一个不同的地方。照顾到这样一种习惯，本书在编排上大致按故事发生的年代先后为顺序，上册为秦汉魏晋南北朝部分，中册为隋唐宋元部分，下册为明清部分，好让读者多少有些读史的感觉。

　　历代典籍，汗牛充栋，用三本仅有60多万字的小书来表达古籍中的民间故事，难免管窥蠡测，挂一漏万；篇目的选定取舍，也见仁见智，难免存在偏颇之处。译写自有译写的难处，既要忠于原作，又要照顾到今天读者的阅读习惯和审美趣味，真有点像戴着枷锁跳舞，潇洒不成还捉襟见肘。可以说，这只是笔者的一次尝试，希望得到专家学者和广大读者的批评指正。

顾希佳
于杭州
1997年5月20日

让故事跃然纸上
——新版插画创作记

在得知将为《顾爷爷讲中国民间故事》这套书绘制插画的时候，我首先感到的是兴奋与不安。兴奋的是，一直以来，我对中国传统文化很是热爱。但是，自己的创作能否较好地体现故事中的精神，我也感到丝丝不安。

为更好地绘制插图，我对故事进行了反复阅读。200个经典故事，贯穿了几千年历史，体现了传统文化的精神之髓，折射出中华文明的智慧之光。每篇故事都让人心有所感，思有所悟。

人物画，尤其是为插图绘制的人物画，与花鸟写意有很大不同。插图是为文而生，是故事的图解，在中国很早就有。敦煌的经变画就属于插图类绘画，后来明清小说中的插图更是数不胜数。在此，粉本就十分重要。粉本是过去的叫法，用今天的话来说是草稿。插画师需要在草稿中设计和勾描，完成插画大体的构思、布局、立意、人物和场景设计。也可以说，草稿的绘制是插图不可或缺，乃至决定成败的重要环节。

这套书每个故事讲述的年代都有所不同，需要根据不同故事，画出符合故事所处年代的场面背景与人物衣饰。在此，非常感谢责编鲁小彬老师的帮助，也深深折服于小彬老师对工作的认真态度。在绘制《大禹治水》这个故事的插画时，在最初的草稿中，大禹手持的是铁器，但通过查阅史料发现，那个时代人们日常劳作的工具还是石器，人物衣着也不符合时代背景。再比如，在绘制《西门豹治邺》这个故事的插画时，在草稿中我绘制了香蕉贡品，而西门豹所处的背景为战国时期的魏国，后来查阅资料发现，在那个时代，香蕉还没有传入中国。

这些看似不是很重要的细节，却马虎不得。正是这样对每个细节的不断琢磨与完善，画面才会更具说服力和感染力，插画与故事才会真正相得益彰。正是与责编老师这样不断沟通，互通有无，交换彼此的意见，本书中的插画才更具相应的功能。艺术是感性与理性的融合，就像科学同样蕴含着感性之美一样。同时，我也感到，在很多时候，并不是历史颠覆了我们的认知，而是因为我们对过去不熟悉和不了解，才容易对历史产生误读。

中国著名国画家戴敦邦曾说过这样一句话："吾已画了数十年图，深感其苦，至今未尝到潇洒惬意的感觉。"很多人对此感到不解。绘画本身不是快乐的吗？为何说得这么辛劳寡乐？其实，戴先生真正道出了一个艺术创作者的真实感受。一幅画，从布局，到构思，到立意，到绘画，再到最后的呈现，整个创作过程就是一个问题接着一个问题的解决过程。画僵了手腕，昏花了双眼，得到的也往往不全是尽显胸臆的作品。就我个人而言，我很注重线条的勾勒，在绘画过程中，因为画面呈现的需求，我往往会使用各种不同的线描手段。有时，对一部分画面感到满意，而另一部分实在过不了自己这道关，结果只能推倒重来，辛劳自不待说。但是，就算得到了一些小成果，也是可以略慰己心的。

当遇到出镜人物较多、画面内容比较丰富的时候，除了人物布局和景致安排之外，我想，色彩的渲染也很重要。越是画面内容繁多，越要注意色调的统一，否则很容易把画面画得很花。在这里，敦煌很多壁画的色彩体系就让我受益匪浅。我深深感受到古代画师的高超技艺和睿智之思。

中国画很早就很重视人物画的创作，从东晋的顾恺之到唐代的吴道子。中国人物画体现出的高超绘画技法，不仅绘得人物形神兼备，画面内容也表现得更是传神。但从宋代开始，不得不说，中国画似乎转向了水墨山水，文人画更多地涉及花鸟领域，绘画本体似乎被弱化了，曾经辉煌的叙事性人物画止步不前，开始走向衰微。到了清代，人物画更是病弱不堪，以至于近代绘画大家徐悲鸿慨叹道："中国画学之颓败，至今日已极矣。凡世界文明理无退化，独中国之画在今日，比二十年前退五十步，三百年前退五百步，五百年前退四百步，七百年前千步，千年前百步。民族之不振可慨也夫！"中国画百余年的衰退，尤其对绘画本体的忽视，直接影响了插图绘画的进步。而这一点，日本就做得非常好，大多数日本画家对叙事得心应手，没有如我国画家那般概念化、模式化，没有千人一面、万山一景的固化。也许，如今日本漫画很发达的原因就在于此。

为了摆脱固有风格的惯性，更为了避免所有故事人物都因撞脸而失去个性，我更多地在精神层面借鉴了日本很多插画家的创作视角。如在《铁伞毛生》和《庄叟比武》这两个故事中，为体现故事中不同人物的性格，我尽力画出了较为贴近他们性格的人物形象，就算过去我很少运用这种形象的绘画风格。

在创作过程中，最惬意的时刻就是我画着画着，进入到了故事中。当真正进入到故事中，为情境而抒怀时，一切技法上的东西似乎应运而生，不用刻意思考怎么描线，怎么铺色，怎么点染，一切都挥毫自在、应用自如。这种状态下收获的效果也往往很好，我个人很看重这种状态和过程。这也是画家必要的修炼与历程吧。

  十几张插图的绘制，虽然量不是很大，但若想达到期待值，还是有很大的难度。因为个人能力有限，我只能做到用心绘画，以馈读者。一组画的完成过程，对于画家本身来说，就似一段旅程，艰辛自不必说，但心灵的慰藉与感悟也许更重要。

  在回看这一组画的此刻，我突然想到了宋代词人吴文英的一句词——"年事梦中休，花空烟水流"。感恩出版社的老师，感谢读者的支持。

  珍惜，努力。

高西浪

2019 年 2 月 20 日

目 录

大禹治水……………1

成汤伐桀……………7

杜伯射宣王…………10

烽火戏诸侯…………13

介子推让禄…………16

九方皋相马…………20

祁黄羊举贤…………25

赵氏孤儿……………28

要离与菑丘䜣………34

伍子胥出逃…………37

紫玉化烟……………45

勾践复国……………49

伯牙鼓琴……………53

孙元觉劝父…………56

颜回拾尘……………60

曾子杀猪……………64

晏子使楚……………… 69

优孟衣冠……………… 72

孙膑与庞涓…………… 75

墨子拒楚……………… 81

赵州桥………………… 85

神医扁鹊……………… 87

曳尾涂中……………… 91

瓜地纠纷……………… 93

苏秦发愤……………… 97

文挚之死……………… 101

冯谖弹铗……………… 104

相思树………………… 110

完璧归赵……………… 119

毛遂自荐……………… 124

西门豹治邺…………… 130

荆轲刺秦王…………… 136

叶限姑娘……………… 145

秦始皇见海神………… 150

李信换头……………… 153

作者简介……………… 161

插画师简介…………… 162

大禹治水

帝尧的时候,老是遭灾。先是大旱,天空中一下子升起了十个太阳,热得老百姓都快发疯了。后来出了个英雄羿,射下来九个太阳,又诛除了恶禽猛兽,把百姓从苦难中解救出来。谁知道大旱之后,竟又出现了漫天的大水。据说是因为百姓做错了事,上帝*才派水神共工发大水,来惩罚他们。

大水可厉害呢!老天一连下了九九八十一天的倾盆大雨,洪水铺天盖地,包围了山头,淹没了丘陵。老百姓扶老携幼,四处逃难,饥寒交迫,忧心忡忡。

帝尧要找一个会治水的能人,于是,大臣们向他推荐了鲧(gǔn)。鲧是黄帝的孙儿,他看见洪水泛滥,百姓受苦,心中非常难受,可是一时又找不到治水的好办法。有一次,他偶然听到猫头鹰和乌龟的谈话,知道在天庭里藏着一种神奇的"息壤",能够生长不息,于是就冒着生命危险,到天庭里偷来了息壤,用它来填塞洪水。这息壤果然灵验,只用了少许的一点点,它就不断地长大,变成堤岸,把洪水给挡住了。

鲧盗窃息壤的事,终于被上帝发觉了。上帝暴跳如雷,立即派火神祝融下凡。祝融在羽山附近抓住了鲧,一刀斫(zhuó)去,

> **上帝**
> 古汉语原有"上帝"一词,意为"天帝""天神"。

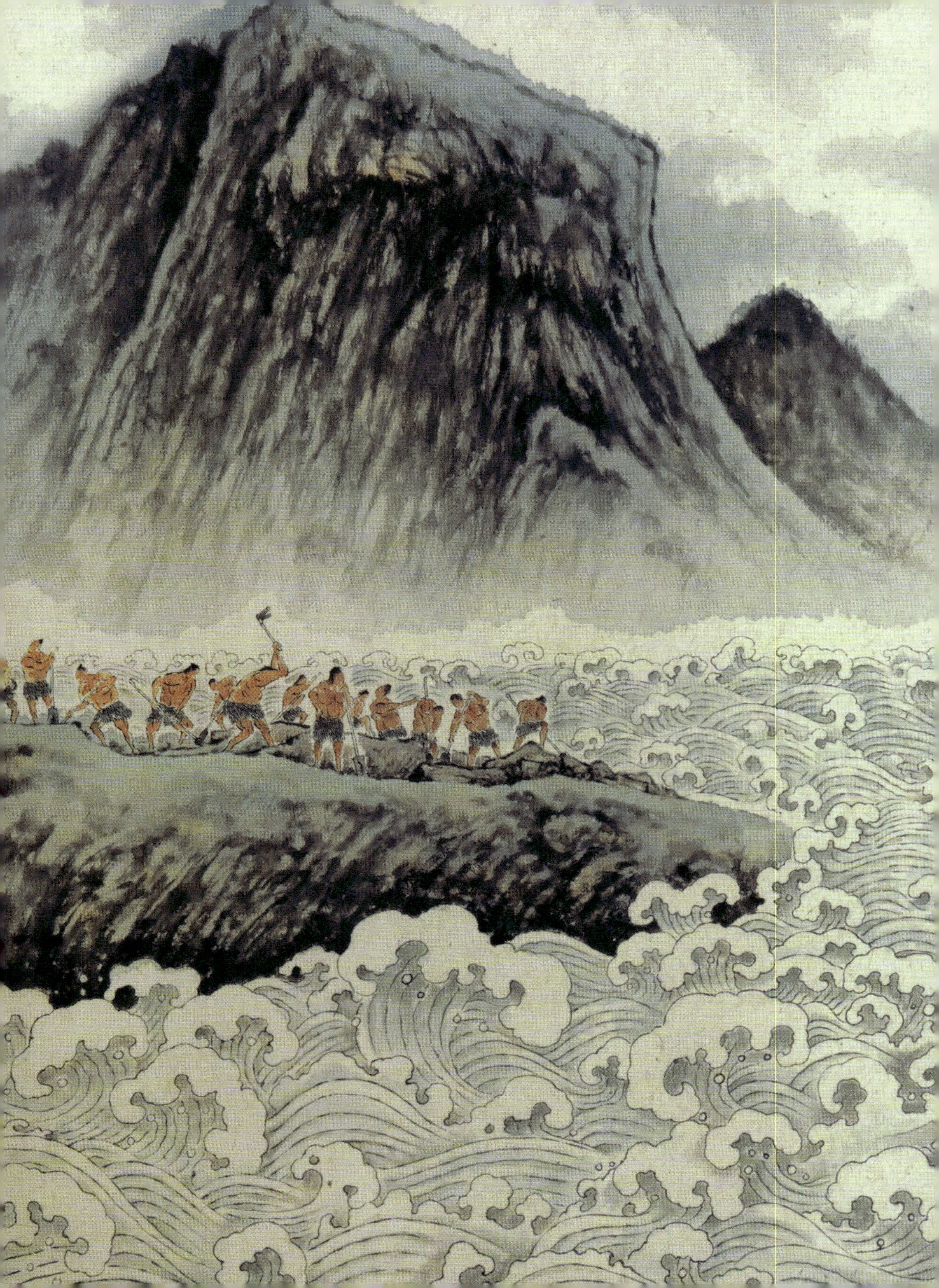

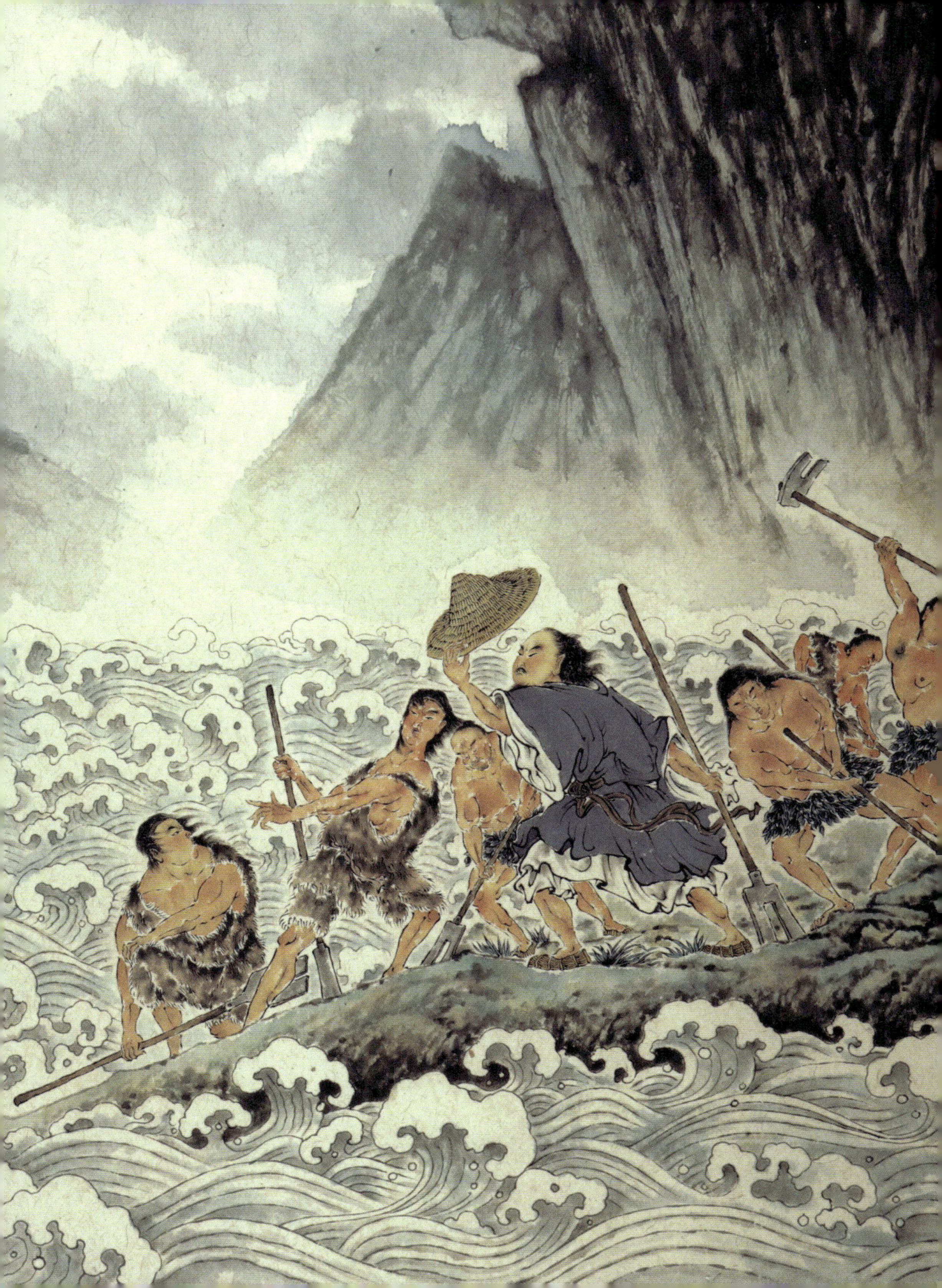

把鲧砍死，又蛮横地夺走了息壤。这样一来，洪水重又泛滥起来。天下大乱，百姓呼天抢地，他们哭鲧的壮烈牺牲，也哭自己的苦难深重。

鲧壮志未酬就惨遭杀害，因而他精魂不散。三年过去了，他的尸体都没有腐烂，仍旧双眼圆睁，手指东南；不仅如此，他的腹部还一天天鼓胀起来。

上帝知道了，派了一个天神前去查看。天神带了一把利刀，来到鲧的尸体旁边，一刀下去，划破了鲧的肚皮。只见鲧的肚子里蹿出一条虬龙，盘曲腾跃，飞上了九重云霄。这就是鲧的儿子大禹。鲧的尸体也化成黄龙，跃入了旁边的羽渊*之中。

大禹发下誓言，一定要继承父亲的遗愿，为天下百姓治水。

上帝终于被鲧禹父子的精神感动，他改变主意，任命大禹去治理洪水，派应龙和大乌龟去帮助他，并且把从鲧手里夺回的息壤也交还给了禹。

大禹变成人的模样，率领百姓，浩浩荡荡前来治水。他让应龙在前面开路，应龙的尾巴在地上划出标记，他就率领百姓沿着这个标记开凿河道。他又让大乌龟驮着息壤跟在后面，必要的地方放上一点息壤，一则可以阻拦洪水，逼洪水改道，二则可以加高土地，让百姓在高处居住。这样，堵的地方后来成了名山，疏的地方成了大江大河。

大禹治水，渐渐地有了成效，百姓欢欣鼓舞。水神共工却一肚子的无名火，于是他又掀起了洪水，故意跟大禹作对。洪水从西方一直涌到空桑（今山东曲阜一带）。大禹也发怒了，他在会稽（今浙江绍兴一带）会集天下群神，召开紧急会议，商量和共工开战的大事。那时候，巨人防风氏迟到，大禹毫不客气地把他杀了。

羽渊
池潭名，传说鲧死后化黄龙处。

于是群神畏惧，令行禁止，大家都跟着大禹上阵，去打共工。

这一仗打得很漂亮，撵走了共工，又杀死了共工的部下相柳，从此以后，大禹就可以专心致志地治水了。

治水是非常辛劳的。每到一个地方，禹总是身先士卒，带头苦干，累得脸色憔悴，手上长满了老茧，大腿上的皮磨破了，小腿上的汗毛磨光了；由于长年累月在外奔波，他走起路来就有些一拐一拐的，后人把这种步子叫作"禹步"。

大禹在外治水十三年，有三次路过自己的家门，他怕耽搁了治水，竟一次也没有进去。

大禹吃得很简单，穿得很马虎，把全部精力都用在了治水上。每到一个地方，禹都要测量地势的高低，立下木桩作为标记，并根据高山的形势，安排河水的走向。他又把天下分成了九州，哪个州适宜种植什么庄稼，哪个州适宜狩猎、捕鱼，都一一作了妥善的安排。从此以后，百姓安居乐业，人人都称颂大禹的功德。

大禹年老的时候，依旧不忘记自己的百姓，仍拖着疲惫的身躯，在九州大地上奔波。这一年，他巡狩来到会稽，终于长眠不起。百姓含着热泪将他埋葬在当地，这就是今天浙江绍兴的大禹陵。

据说，后来每逢春天，总有成群结队的鸟儿飞来，聚集在大禹的墓地上，一齐啄除杂草。人们都说，连鸟儿也为大禹的精神感动了。

【故事来源】

　　古籍中关于禹的记载很多。大禹究竟是神话人物还是历史人物，学术界一向众说纷纭。目前较多的人认为：大禹是夏代的始祖，是古代夏后氏部落的首领，曾率领百姓治理洪水。关于他的传说，有的演化成神话，有的又被古代文人"历史化"，写成了帝王的典范。本文据《山海经》《归藏》《楚辞·天问》《国语》《拾遗记》《史记》等综合译写。

成汤伐桀

大禹开创的夏王朝，传到第十四代孙夏桀(jié)手里的时候，已经变得很不像话了。这个夏桀，是个典型的暴君，荒淫无道，一天到晚只知道吃喝玩乐。他为了宠爱美女妹(mò)喜，耗尽民脂民膏建造倾宫，老臣关龙逄(páng)哭着劝谏他，却被他砍头示众。这样一来，正直的人吓得不敢开口，势利小人却大行其道，百姓怨声载道，都说夏王朝的气数快要尽了。

这时候，在夏王朝的东面，也就是今天的河南商丘一带，有个商国却正在一天天地兴盛起来。据说，商族的始祖母叫简狄，有一次她在河边洗澡，看见一只燕子飞过，燕子在河滩边落下一个蛋。简狄一时好奇，把蛋捡起来，含在嘴里，但是一不小心把蛋吞了下去。后来，她就这么怀了孕，生下了儿子契。契长大之后，因为帮助大禹治水有功，就被帝舜封在商地。到夏桀的时候，契这边也传到了十四代。契的第十四代就是历史上有名的成汤。

成汤是个贤明的君主。有一次，他到野外去散步，看见有个猎人正在张网捕猎。那个猎人把网张在东南西北四个方向，布置好了之后，又喃喃地向上天祷告："普天下四面八方的鸟兽，都快点进到我的网里来吧。"成汤看见了，摇摇头说："不好不好，你的心也太狠了。这样不是跟夏桀一样了吗？你看我来替你布网。"说罢，成汤撤掉了三面的网，只留下一面的网，然后也跪下来向上天祷告："鸟兽们听着，想从左边逃走的，就往左；想从右边逃走的，就往右；不想逃的，就撞进我的网里来吧。"嘿！说来也怪，成汤这一祝祷，果然灵光，真有几只鸟兽撞到网里来了。这就是"网开三面"的典故。

这件事传扬开去，四周许多诸侯国都称赞成汤道德高尚，他们说："他对禽兽都这么讲道义，就更不用说对人了。这样的国君我们信得过。"很快，就有四十个诸侯国主动归附了商国。

后来，成汤又任命伊尹做他的右相，国家被治理得更加强盛了。先是打败了邻近的葛国，接着又征服了薛国和另外一些小国，最后，成汤决定率领大军去攻打夏桀。双方的军队在鸣条（今山西运城安邑镇北）一带展开了一场恶战。成汤身先士卒，带领一支精锐部队直插夏桀的中军。夏桀一看情况不妙，赶紧带着后宫的美人向后逃去。这一逃，群龙无首，夏桀的军队一下子全线崩溃。

夏桀夹着尾巴一个劲儿地逃命，逃到南巢（今安徽寿县一带）时就再也走不动了。他被商军俘虏，囚禁在那里。

成汤灭桀以后，自称天子，建立了商王朝。

据说成汤夺得天下之后，整整五年时间，老天爷不下一滴雨，河水枯竭，田地龟裂，草木焦死，庄稼颗粒无收。这时候，成汤就跑到城外的桑林里，向苍天祷告道："这是我一个人的罪过，请不要连累天下百姓。如果百姓有什么罪过，也都怪我不好，请责怪我一个人吧。请不要因为我一个人的过错，使得天下的老百姓都活不下去！"说罢，他剪去自己的头发，用枷锁把自己的双手束缚起来，愿意将自己的身体当作牺牲，祭祀天帝。谁知道这样一来，天上竟然哗啦啦地真下起了大雨。

【故事来源】

据《史记·殷本纪》《吕氏春秋·季秋纪·顺民》《吕氏春秋·孟冬纪·异用》等综合译写。

杜伯射宣王

周宣王的手下有个官员，名叫杜恒，众人都尊称他杜伯。杜伯长得相貌堂堂，一表人才。周宣王的爱妾女鸠(jiū)看上了他，一再找机会接近杜伯，总想和他私通。

杜伯觉得女鸠这个人实在太轻浮了，身为国王的爱妾，居然还有这么多非分之想，真是匪夷所思。一旦惹出祸来，后悔也来不及啦，所以他斩钉截铁地拒绝了她。

女鸠恼羞成怒，索性一不做二不休，竟哭哭啼啼地到周宣王那里去，来了个恶人先告状，说道："杜伯这个人看上去文质彬彬，骨子里却坏透了。那天傍晚，我在花园里赏玩，他居然想来欺侮我。大王，你可要替我做主呀！"

周宣王是个糊涂虫，当下就相信了女鸠的话，下令把杜伯抓起来。他让皇甫(fǔ)和司空锜(qí)两个人去审理这个案件，务必要将杜伯办成死罪。杜伯的好朋友左儒知道了，到周宣王那里去劝谏，说杜伯为人正派，根本不可能做这种事。周宣王哪里听得进去，一挥手，就把左儒赶走了。左儒一连去劝谏了九次，周宣王仍不肯罢休。

杜伯临死之前要求面见宣王。他对宣王说："我没有罪，却被你无辜杀害。如果人死后有灵魂的话，我是要去上告的。不出三年，我一定要让我的深冤得到昭雪。"

周宣王冷笑一声，说："你只管使劲去告吧，我是堂堂一国之主，就是错杀三五个像你这样的小人物，又有什么大不了的！"

果然，杜伯被杀死之后，他的鬼魂老是在周宣王的梦中出现。阴风凄惨中，杜伯咬牙切齿地对周宣王说："我有什么罪？你给我说出来！"

周宣王睡不好觉，老是心惊胆战。他找来巫师占卜，并把梦中的情景说给他听。巫师说："当初杀杜伯，是谁与大王一起商量，并经办这件事的？"

周宣王说："是司空锜。"

巫师说："那你为什么不杀死司空锜来安慰杜伯呢？"

周宣王一想，这个办法不错，就下令把司空锜杀了，还请巫师设法告诉杜伯的鬼魂，请他别再来纠缠了。

谁知道这办法并不管用，杜伯的鬼魂还是来找周宣王算账。非但如此，连司空锜的鬼魂也哭哭啼啼地跟来了，拉着周宣王的衣襟说："我忠心耿耿为大王做事，犯了什么罪，大王要杀死我呢？"

周宣王招架不住，又去跟皇甫商量："不好了，巫师劝我杀司空锜，现在司空锜的鬼魂也老是来纠缠我，这可如何是好？"

皇甫说："这个巫师是不像话，干脆把他杀了吧。"

于是，周宣王又把这个巫师杀了，想以此来安慰司空锜。谁知道这一招也毫无用处，他夜里一做梦，就看见杜伯、司空锜和巫师这三个鬼魂不约而同地来寻衅闹事，哭的哭，骂的骂，闹的闹，弄得他走投无路，心惊胆战。

过了三年，周宣王外出打猎，来到城外的高山湖泽之间。这天天气晴朗，万里无云，周宣王正想摆开阵势开始围猎。忽然之间，他看见杜伯穿着红色的官服，骑着白马，正怒气冲冲地向他走过来。杜伯的随从撑着华丽的伞盖，表情十分严肃，前前后后还有几百个鬼兵向周宣王围了过来。杜伯眼里冒出愤怒的火焰，挽弓搭箭，射向周宣王。周宣王吓坏了，拼命想躲避，可是四面都是鬼兵，哪里还有躲的地方？只听得一声弓响，这支箭正好射中了周宣王的心脏，周宣王当即心痛如绞，跌下马去。当时发生的这一切，跟随宣王打猎的文武百官也都看得一清二楚，但谁也救不了他。只等周宣王从马上跌下，大家才围上去抢救。回到宫中，周宣王当天就死去了。

所以，俗话说：随便什么人都不可冤枉，滥杀无辜，冤家是必定会来报复的。

【故事来源】

据《墨子·明鬼下》、北齐颜之推《还冤记》、明朝商濬(jùn)《稗(bài)海》八卷本《搜神记》卷三综合整理译写。

烽火戏诸侯

西周王朝的末代国君周幽王亡国丧身，据说与他迷恋褒姒(sì)有关。那么，褒姒又是怎样的一个人呢？

这话还得从夏王朝的衰亡说起。据说，那时候有两条神龙降落在夏王的宫廷里，它们说："我们是褒人的先君。"夏王一见，吓得六神无主，赶忙请来负责占卜的官员，看看究竟是应该杀死它们，还是赶走它们。谁知道占卜的结果都是不吉利。于是，夏王又命令占卜官员卜问上帝，是不是可以把龙吐的口水收藏起来？这一次的卦象却是大吉大利。夏王这才下了决心，要按照卦象去做。等龙飞走了，夏王把它们留下的口水装进了一只木匣子里。

这只木匣子被夏王恭恭敬敬地祀奉在高禖(méi)神殿里。夏王朝灭亡了，木匣子传到商王朝。商王朝灭亡后，木匣子又传到了周王朝。接连夏商周三代，谁也不敢打开这只神奇的木匣子。一直到了周厉王末年，厉王实在忍不住了，就把木匣子打开了。

禖
古代求子的祭祀。

这一打开，可不得了，龙的口水流到了地上，怎么也收不起来，后来竟变成一只黑色的大甲鱼，钻进了后宫。那时候，后宫有个女奴，才七岁，凑巧碰上了这只甲鱼。后来，她在十五岁那年，莫名其妙地怀孕了。一个姑娘家，还没有丈夫就有孕在身，这可是件怪事。她哪里敢把孩子抚养大？所以等到婴儿一生出来，她就把婴儿扔掉了。

到了周宣王的时候，民间流传着一首童谣，大意是说："有个卖山桑弓和箕草箭袋的人，就是灭亡周朝的人。"周宣王听到了，很是害怕，下令四处寻找那人。正好有一对夫妻在街上叫卖山桑弓和箕草箭袋，周宣王知道之后，立即派人去抓他们。夫妻俩在逃命的路上听见了婴儿的啼哭声，觉得怪可怜的，就将那个女婴收养起来。原来，这个女婴正是后宫那个年轻女奴生下来的。这对夫妻抱着女婴逃到褒国*，住了下来。

一晃十多年过去了，这个被遗弃的女婴长大成人，出落成一个绝代佳人。因为她是褒国人养大的，所以取了个名字叫褒姒。那时候，褒国的国王犯罪，被周王关进了牢狱，褒国人就把褒姒送进王宫来抵罪，赎回了褒国的国王。

周幽王三年（前779年），幽王到后宫看见褒姒，顿时被褒姒的美貌迷住了。后来，褒姒为周幽王生了个大胖儿子，名叫伯服。周幽王越发宠爱褒姒，竟把王后申后和太子都给废了，下诏书立褒姒为王后，伯服为太子。太史伯阳长叹一声，说："国家要出大祸了，可是我又有什么办法呢！"

从此，周幽王就整天和褒姒在一起吃喝玩乐，再也不去过问国家大事。他每日进进出出，都和褒姒乘坐同一辆车，今天进山打猎，明日在家喝酒，让倡(chāng)优*在边上唱歌跳舞，想方设法讨褒姒的欢心。

谁知道褒姒是个怪女子，任你周幽王怎么变着法子逗她玩乐，她都依旧板着脸，就是不露出一丝笑容，害得周幽王总是心神不定，十分难受。

当年，边关上设立了许多烽火台，万一遇到敌人入侵，守卫

褒国
古国名，是夏王朝的侯服之国，亦称"有褒"，在今陕西汉中市以北、褒谷口以南的平原上。其国民相传为夏禹之后，是夏禹分封的13个奴隶主统领下的姒姓部落之一。

倡优
古代以乐舞杂戏为业的艺人。

在边关上的人就要发出信号向大家报警：白天，堆起狼粪来燃烧，烧出漫天狼烟；夜晚，举火为号，同时还要敲响大鼓。周幽王为了逗褒姒笑，竟异想天开地在烽火台上点起烽火，擂响大鼓。天下的诸侯知道了，以为有敌人进犯，就率领大队兵马，全副武装地急匆匆赶来。到了城下一看，什么事都没有，这才知道自己受到了戏弄。这时候，周幽王正陪着褒姒站在城楼上看热闹。见到城下的千军万马都被烽火耍弄了，褒姒竟忍不住哈哈大笑起来。

周幽王见褒姒笑了，越发高兴起来，索性上了瘾，每过几天就举一次烽火。有官员去劝谏，说这种玩笑万万开不得，周幽王却把脸一沉，下令把劝谏的官员拉出去杀了。别人的话，他一个也不听，只听褒姒一个人的。到后来，朝廷里奉承拍马的人越来越多，百姓们怨声载道。

因为周幽王废除了申后，她的父亲申国国君就联合鄫（zēng）国*和西北地区的犬戎部落，来攻打幽王。幽王想讨救兵，连忙下令在烽火台举烽火。可是，周幽王前几次举烽火，害得诸侯一次次地白跑，他们哪里还会再相信烽火，所以，这一次敌人真的来入侵了，诸侯们却一个也没有来。

于是，申侯他们就在骊山脚下把周幽王杀死了，抢走了褒姒，还把周朝京城里的财物洗劫一空。西周王朝终于灭亡了。

鄫国
古国名，今河南方城一带，战国初期尚存。

【故事来源】

据《国语·郑语》《史记·周本纪》《吕氏春秋·慎行论·疑似》《列女传》卷七综合编写。

介子推让禄

春秋的时候，晋国宫廷发生内乱，公子重(chóng)耳流亡在外好多年，吃了不少苦头。他的一个随从介子推，一直忠心耿耿地跟着他逃难。有一次，重耳断了粮，饿得两眼发晕，眼看快要挺不住了，介子推偷偷割下自己腿上的一块肉，煮了给重耳吃，才让他活了过来。

后来，重耳时来运转，回到晋国继承了王位，这就是历史上的晋文公。

当了国君，重耳自然十分高兴。当年跟随他流亡的人，一个个都受到了封赏，但他唯独把介子推忘记了。

介子推的母亲有些气不过，就对儿子说："你何不去找找国君，也请求他给你点封赏。否则的话，等国君老死了，又能怨谁呢？"

介子推说："他要封赏，早就该封赏了，我有什么好说的。"

母亲说："就是让他知道知道，有何不好？"

介子推摇摇头，长叹一声说："说话，就好比是豹身上的纹理。现在豹的身体要隐没到山里去了，还要显露这些纹理干什么？说话，是要显耀自己，这和我的本性不一致。"

介子推的母亲点点头，欣慰地说："你有这样的志向，我很赞成。我和你一起躲到山里去吧，就是死了也不想再见到他们了。"于是，他们母子两人就悄悄地进了山。

介子推的朋友知道了，为他抱不平，就写了一首诗，贴在晋文公宫廷的大门口，诗是这样写的：

有一条龙很矫健，
却没有自己的家。
五条蛇跟随它……
周游天下。
龙饿了，没有东西吃，
有一条蛇割下了自己的肉。
龙回到自己的家，
得意扬扬。
四条蛇都有住处，
日子过得很舒畅，
却有一条蛇没有自己的洞穴，
在田野里哭泣。

晋文公走出宫廷，看到了这首诗，心中一咯噔，懊丧地说："这是在说介子推呀！这件事是我的过错，我一定要想办法补救。"于是，就派了许多人出去四处寻找介子推，决心把介子推找回来，重重地封赏他。

一天，有个派出去的人在山里遇见了介子推，但却偏偏不认识介子推，他问道："请问介子推住在哪里？"介子推回答说："这个人是有意要到山里去隐居的，我怎么会知道他的住处呢？"后

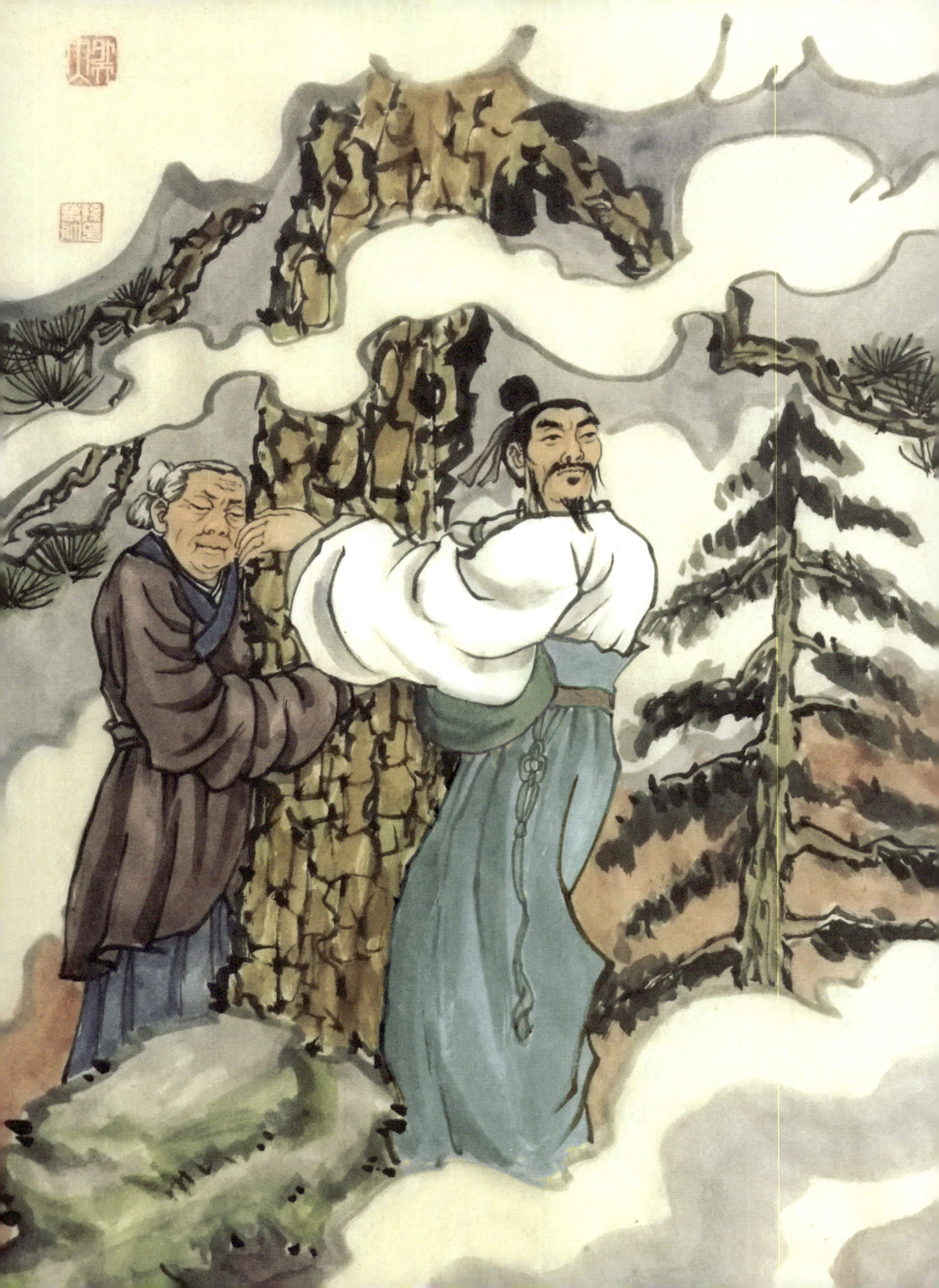

来，介子推又悄悄地搬了一次家，所以别人始终找不到他。

后来，晋文公终于得到消息，说介子推和他的母亲就住在这座山里。晋文公搜寻不到介子推，竟下令放火烧山，心想：满山都起火，你们总该逃出来了吧。谁知道介子推却是个倔脾气，他和母亲两人紧紧抱着一棵树，宁可被大火烧死，也不肯出来。

介子推被烧死之后，老百姓都很感动，为了纪念他，每到介子推的忌辰，大家都禁火一个月，只吃冷的食物，这叫作"寒食"。据说，寒食节就是这么来的。

【故事来源】

据《左传·僖公二十四年》《庄子·杂篇·盗跖》《吕氏春秋·季冬纪·介立》《说苑·复恩》《新序·节士》《后汉书·周举传》综合译写。

九方皋相马

春秋的时候，秦国有个名叫伯乐的人，很会识别马的优劣。

太行山附近出了一匹能日行千里的好马。可是，在伯乐之前，周围的人谁也不识它，马主人总觉得这马平平常常的，不会有什么大用处，就经常让它拉着盐车走山路。

一次，它拉着沉重的盐车上太行山，伸着蹄子，屈着膝盖，浑身上下全被汗水湿透了，却还是上不了山。这时，正好伯乐路过，见到这个场景，他大吃一惊，连忙赶过去拉住车辕，把马从车上卸了下来，又脱下自己的外衣披在马背上。他一边抚摸着马，一边忍不住落下了同情的眼泪。那马也被感动了，知道伯乐是自己的知心人，昂首长嘶一声，声音响亮，直冲九霄。

伯乐告诉马主人："这是匹千里马，别再委屈它了。"后来，马主人把马拉出去试试，那马果然是匹日行千里的骏马，价值连城呢。

从此，伯乐相马的本领更是天下闻名了。

后来，伯乐的年纪大了，秦穆公担心他的本领失传，就问他："先生年事已高，在你的子孙中，有能接替你去寻找千里马的人吗？"

伯乐摇摇头，坦率地回答道："一般的好马，可以从它的体形、筋骨上看得出来；比一般的好马还要好的那种千里马，可就不能光凭外表去判断了。因为从外表上，你已经分不出它跟一般的好马有什么不同的地方。千里马的特征，若明若暗，若有若无，隐隐约约，很难捉摸。像这种名扬天下的好马，奔跑起来，快得你都看不到空中飞扬的尘土，轻得你都找不出地上留下的蹄印。说起来，我的子孙都是些平庸之辈，只能告诉他们好马有些什么特征，然后他们可以照着去找。可是，我却无法教会他们掌握千里马的特征，来接替我去找天下少有的千里马。但是，有一个曾经跟我一起担过柴、挑过水的老朋友，名叫九方皋（gāo）。他在相马方面，绝不会比我差。我想来想去，如今只有他能够担任这个使命，请大王召见他吧。"

秦穆公听了很高兴，就下令召见九方皋，派他到各地去寻访千里马。

九方皋出去了三个月，跑了好多地方，终于回来报告说："千里马已经找到了，就在沙丘那里。"

秦穆公问："是一匹什么样的马呀？"

九方皋摸摸头皮，有些尴尬，隔了一会儿才回答说："大概是一匹黄色的母马吧。"

秦穆公心里有些不高兴了，看起来这个九方皋并不是一个精明能干的人，但还是派人到沙丘那里去取那匹马。

马牵到了宫殿前面，秦穆公出去一看，怎么搞的，这不是一匹黑色的公马吗？为什么九方皋却说是黄色的母马呢？秦穆公心里不舒服，就把伯乐找来数落了一顿："你怎么推荐一个糊涂虫给我呢？这个九方皋，连马的颜色和公母都分辨不清，哪里还可能识别什么千里马？"

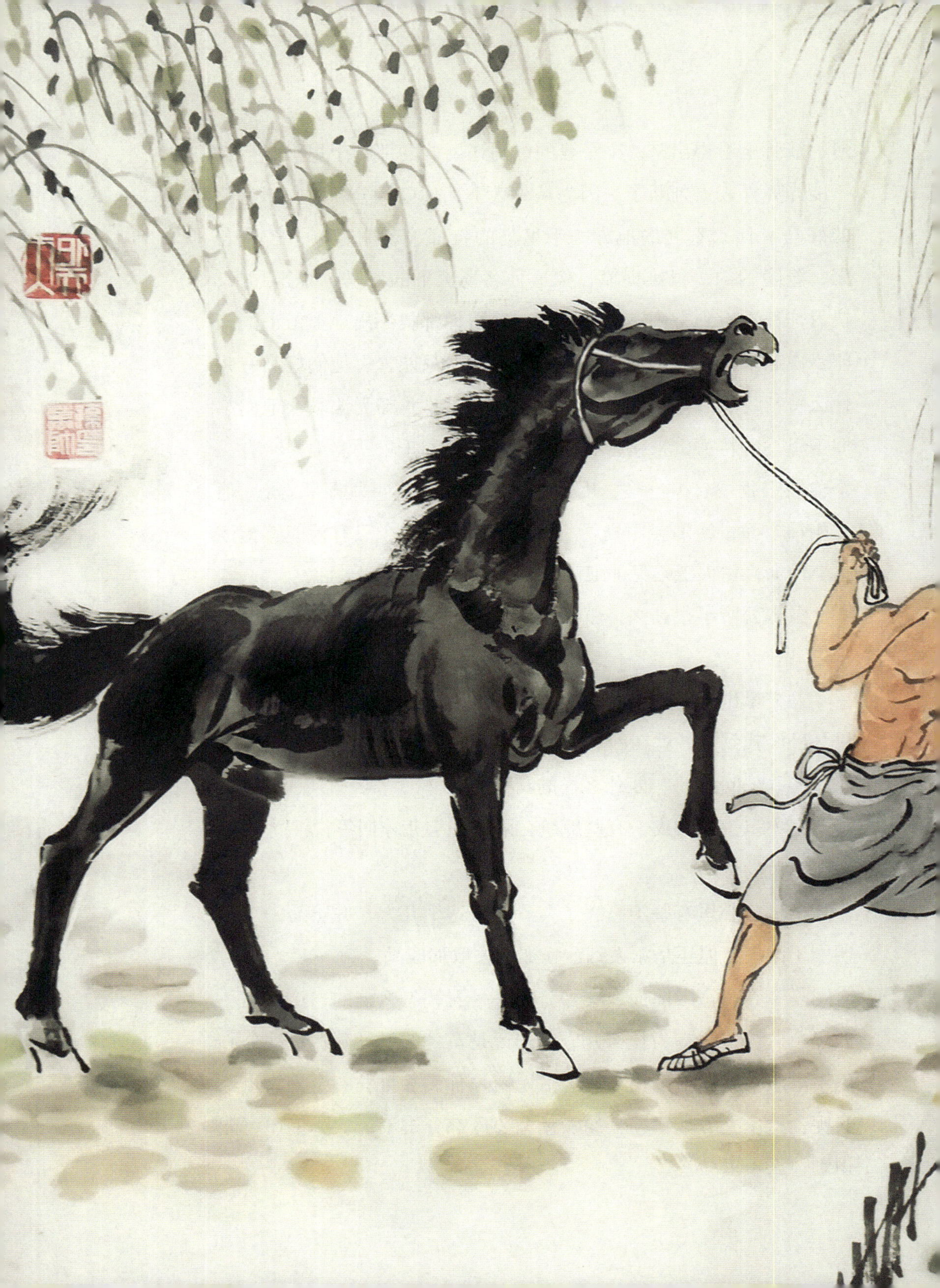

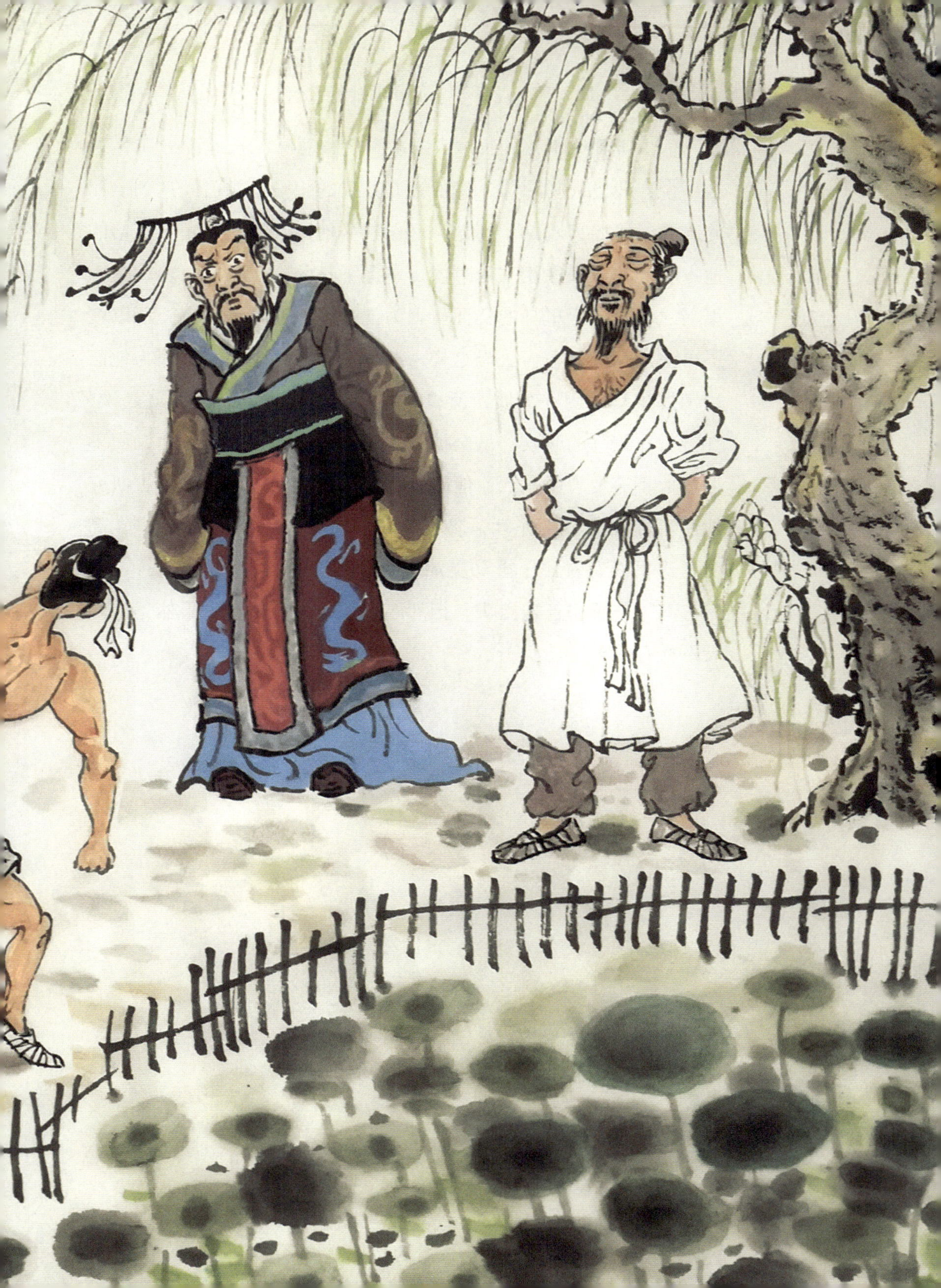

伯乐听到这里,长长地叹了一口气,意味深长地说:"听你这么一说,我也大吃一惊,想不到九方皋的相马本领已经达到了如此高深的境界,真是了不起,这也就是他比我高明不止千百倍的地方啊!九方皋在相马的时候,掌握了马的内在品质,也就是千里马之所以为千里马的特征。因为他一眼就看到了这点,所以就不再注意马的毛色、公母这样一些无关紧要的表象了;因为他已经掌握了马的内在品质,所以就不注重马的外形了。也就是说,九方皋在相马的时候,是全神贯注地只看他要看到的东西,而不去看他不需要看的东西;他只研究他要研究的东西,而不去研究他所不需要研究的东西。像九方皋这样的相马,实在是非常高明,这里面有着比千里马更加宝贵的智慧啊!"

秦穆公听得连连点头,把那匹马拉出去一试,它果然是一匹天下稀有的千里马。

【故事来源】

据《战国策·楚策四》《列子·说符》综合译写。

祁黄羊举贤

春秋的时候，晋国有个大夫祁奚(qí xī)，字黄羊，品德高尚，办事公道，是个很有威望的人。晋平公一直把他当成自己的心腹，朝廷上的大小事情，少不了要去征求他的意见。

有一次，晋平公对祁黄羊说："南阳县如今没有县令。南阳历来是兵家重地，对我们晋国的安全起着很重要的作用，寡人思来想去，找不到一个合适的人可以当南阳县令的。你倒说说看，谁能胜任这个职务？"

祁黄羊想了想，爽快地对晋平公说："我向大王推荐一个人，就派解(xiè)狐去当县令吧。这个人能力很强，勤勉职守，办事干练，我相信他一定能管理好南阳县。"

晋平公朝他看看，有点弄不懂了，忍不住问："咦，解狐不是你的仇人吗？你们祁家和解家之间，世代冤仇，至今尚未解开，不久前还发生过一次不小的冲突呢，这事举国上下都知道。你今天怎么会异想天开，反倒推荐起你的仇人来了？"

祁黄羊笑呵呵地说："私仇是私仇，公事是公事，这两件事怎么可以混淆在一起呢？今天大王问的是谁能胜任南阳县令的职务，我说是解狐，这话没说错。你又没问我谁是我的仇人，大王说是不是？"

晋平公一下子明白过来了，高兴地说："好，爱卿大公无私，难能可贵。你的话说得不错，寡人就听你的。"

这事一传出去，大家都觉得诧异。解狐听到之后，也很感动，特地备了一份礼物，恭恭敬敬地上门去道谢。

谁知道祁黄羊却在大门口拦住了他，一只手挽起了弓，一只手搭上了箭，冷冰冰地对他说："解狐，你不要过来。我向大王推荐你，是因为你确实能担当这个重任，这是公事，我不会因为私仇而影响了公事。但是我们两家的世仇并没有解开，你还是我的仇人。现在我们不谈公事，你要是敢再前进一步，我就当场把你射死！"

解狐明白了祁黄羊的用心，默默地转过身去，走了。他到了南阳之后，励精图治，秉公处事，几年工夫下来，果然把南阳县治理得井井有条，百姓安居乐业，军队兵强马壮，人人都说解狐是个好县令，连带着称赞祁黄羊举贤不避仇的好品德。

又过了几年，晋平公问祁黄羊："朝中需要一名代表我处理司法纠纷的官员，你看谁比较合适？"

祁黄羊不假思索地回答道："祁午。"

晋平公又奇怪起来了，问道："祁午不就是爱卿的儿子吗？我们晋国一向有规矩，不能举荐自己的亲属当官，你怎么也不避避嫌，居然向寡人推荐起自己的儿子来了？"

祁黄羊一本正经地回答道："是不是亲属，这并不重要，重要的是他到底能不能成为一名好官。今天大王问的是谁能胜任这个职务，又没有问祁午是不是我的儿子？我向你举荐祁午，首先想到的是他能成为一名好官员，而不是别的，大王说是不是？"

晋平公又明白过来了，觉得祁黄羊不愧是个正直的人，他一事当前，考虑的是国家大事，而丝毫不考虑个人声誉。

祁黄羊对自己的儿子当然十分了解，回家之后又再三告诫他应该注意的地方。祁午上任之后，没有辜负父亲的期望，铁面无私，执法如山，获得了朝廷内外的一致称赞。大家说来说去，都觉得祁午本来就挺合适的，谁也没有计较祁黄羊推荐儿子当官的事。

后来，这件事传到了孔子的耳朵里。孔子对他的弟子们说："外举不避仇，内举不避亲，祁黄羊确实是个刚正无私的人！"

【故事来源】

这个传说最早见于《左传·襄公三年》，此后在《吕氏春秋·孟春纪·去私》、汉朝刘向《新序·杂事第一》《史记·晋世家》《韩非子·外储说左下·说五》《韩诗外传》卷九等都有记载，说法有所不同。本篇据以上典籍综合译写。

赵氏孤儿

春秋的时候，晋国的国君晋景公昏庸无道。他手下的武将屠岸贾(gǔ)是个马屁精，吹吹拍拍，深得晋景公的欢心。

赵家是晋国大族，势力很大，晋景公生怕赵家夺取他的王位，心里很不舒服。洞察到国君的隐忧后，本来就与赵家有仇的屠岸贾趁势使出撒手锏(jiǎn)，说赵家招收门客，暗藏兵器，私通别国，图谋造反。有了国君的撑腰，屠岸贾亲自带领军队把赵家的住宅全都包围起来，把赵朔、赵同、赵括、赵婴齐等人，连同他们家族的男女老少一共三百多口人，一起杀掉，斩草除根。

说是一个不留，但还是漏掉了一个人，这人是赵朔的妻子庄姬。她是晋成公的女儿、晋景公的妹妹，正怀孕在身，一听到风声，就躲进了她母亲的宫里。屠岸贾想追进宫去杀庄姬，晋景公怕伤了母亲的心，就把这个妹妹保了下来。

屠岸贾要斩草除根，自然不肯有丝毫的疏漏。他也知道庄姬怀孕在身，生怕她生下儿子，又给赵家留下一个后代，所以派下将军*韩厥(jué)带兵包围后宫，严密监视，下令谁敢盗运婴儿，格杀勿论！

再说赵朔临死之前，曾经嘱咐庄姬：如果生下女儿，赵家没有希望；万一生下男孩，务必将他保住，将来就要靠这个孤儿为

下将军
中国古代武将的官名。春秋战国时期以卿统军，故称卿为将军，下将军位次于上卿，职掌为典京师兵卫，或屯兵边境。

赵家惨死的三百多口报仇雪恨，传宗接代。庄姬知道此事关系重大，自然不敢怠慢。丈夫惨死，自己之所以要含辛茹苦、忍辱负重地活下去，全是为了保住赵家这条根苗。

到了分娩这天，婴儿呱呱落地，是个男孩。可是庄姬却让宫女们对外传言，说庄姬生了个女婴，已经溺死了。屠岸贾不相信，亲自带兵进宫去搜。庄姬把婴儿藏在自己的裤裆里，默默向上天祷告："如果赵家注定要灭绝，就让孩子啼哭；如果赵家今后还有希望，就让孩子千万别出声。"果然，那婴儿乖乖地躺在那里，一声不吭。

屠岸贾搜不到婴儿，半信半疑地走了，却依旧吩咐手下包围后宫，不得有误。

庄姬看看没有办法，就想到了赵朔生前的好友程婴。自打赵家遇难，他就常进宫来探视。这天程婴又来了，庄姬泪如雨下，把赵朔的临终嘱咐又对他说了一遍，并抱出婴儿，委托程婴带出宫去抚养。程婴有心相助，又怕逃不脱屠岸贾的魔爪，正在犹豫的时候，庄姬已经在屏风后悬梁自尽了。

目睹眼前的惨景，程婴悲痛万分，当即把婴儿放入自己随身所带的药箱，用药草将婴儿盖严，匆匆离去。

程婴出宫，正好撞见领兵巡逻的下将军韩厥，韩厥一查二查，就查到了药箱。他知道此事非比寻常，便吩咐手下人全都回避，这才小心翼翼地打开箱盖。扒开上层药草，果然看见里面躺着一个男婴，这一来，他全都明白了。

程婴一见事情败露，吓得连忙跪下，求他给赵家留下一个子孙后代。韩厥虽在屠岸贾手下干事，却一向对他的做法十分不满，在这关键时刻，他对程婴说："晋国被屠岸贾弄得乌烟瘴气，我岂能为虎作伥，再去残害忠良？你好生抚养这孩子，快快离去，这儿的一切我会处置的。"韩厥放程婴出宫门后，就拔刀自刎了。程婴这才脱离了险境。

屠岸贾得到手下报告，说韩厥在宫门口自杀，连忙赶来察看。想不到会出这种事，他气得鼻子里冒烟，立即出了个通告，悬赏千金，搜寻赵氏孤儿；同时派出大批兵丁，在全国范围内搜查，凡是有半岁以下、一个月以上的婴儿，都要逐个验看，稍有可疑，当场杀死。一时间，晋国上下人心惶惶，鸡犬不宁。

程婴带着赵氏孤儿东躲西藏，疲于奔命，眼看风声越来越紧，处境越来越困难，他只好去找赵朔生前的好友公孙杵臼（chǔ jiù）商量。

公孙杵臼已经七十岁了，白发苍苍，腰板倒还硬朗。当初赵家满门抄斩，有一次，公孙杵臼在路上遇见程婴，板着脸问他："你为什么还不去死？"程婴坦然地回答说："听说赵朔的妻子有个遗腹子还没生下来，如果生了个男孩，我要把他抚养成人；如果是个女孩，我会去死的。"如今程婴遇上了难事，自然就想到了这位老人。

程婴到了公孙杵臼家，经过一番推心置腹的交谈，知道对方完全可以信赖，就毅然打开药箱，把藏在里面的赵氏孤儿哆哆嗦嗦地抱了出来，要交付给公孙杵臼。

公孙杵臼两眼发热，紧紧盯着赵氏孤儿，却没有去接，而是提出了一个古怪的问题："抚养孤儿和死，这两件事哪一件做起来更难？"

程婴说："抚养孤儿比死更难！"

公孙杵臼神色庄重地说："赵家对你我都有恩，为了赵家，也是为了晋国，我们两人都是义不容辞的。可惜我今年七十岁了，赵氏孤儿还要等二十年后才能长大成人，为父报仇。我公孙杵臼等不到这一天了。我想来想去，实在挑不起抚养孤儿的重任，就请求你把做起来容易一点的事让给我，让我去死。抚养孤儿的重任就拜托你了。"

程婴朝白发苍苍的公孙杵臼望望，见他说得这么诚恳，句句发自肺腑，顿时也感动得热泪盈眶，知道跟这样的老人争死，是没有意义的，只好答应下来。于是两个人经过一番周密策划，决定由程婴献出自己尚未满月的男孩，裹上宫中的绣花锦被，交给公孙杵臼，然后由程婴出面告发，说公孙杵臼藏匿了赵氏孤儿。

屠岸贾得到程婴的"告密"，当即带兵去搜捕公孙杵臼的家，很快搜出了"赵氏孤儿"。公孙杵臼拼着老命去保护孤儿，破口大骂程婴卖友求荣，是个十足的卑鄙小人。程婴眼看着七十岁的老人遭到毒打，却不敢上前相助，还得帮着屠岸贾去鞭打老人，心里流着血，又不敢让这种感情有一丝一毫的流露。

后来，程婴自己的亲生骨肉和公孙杵臼都被屠岸贾他们杀死了。屠岸贾以为达到了斩草除根的目的，得意非凡，拿出一千两金子赏给程婴。程婴牺牲了自己的亲生儿子，又让一个好朋友死去，心里的滋味只有他一个人知道。别人都在指着脊梁骨骂他，他却不敢有半句辩白，只是用这赏金把公孙杵臼的尸体掩埋好，然后带着真正的赵氏孤儿，逃奔他乡，隐居起来。

一晃十五年过去了。晋景公死后，相继即位的是晋厉公、晋悼公。晋厉公暴虐无道，被大臣们杀了。晋悼公很有些头脑，觉得屠岸贾这个人只会趋炎附势，而且是五朝元老，势力也太大了，有心要除掉他，于是想到了当年他把赵家满门抄斩这件事。

晋悼公边上的一个大臣知道国君有这个心思，找了个机会，趁屠岸贾不在场的时候，把赵氏孤儿的事说了出来。

晋悼公一听，原来赵家没有断后，当年的赵氏孤儿如今已经长大成人，名叫赵武。他心里非常高兴，当即派人到山里去寻访，把程婴和赵武接到京城。

接着，晋悼公召集满朝大臣，要为赵家昭雪。这一来，满朝大臣也来了个一百八十度大转弯，一个个赶紧表态，都说当年的事全是屠岸贾的阴谋，其实跟他们无关，赵家的祖先赵衰、赵盾都是为国家立过大功的人，一门忠良，怎么可以把赵家满门抄斩呢？这个屠岸贾是个头顶生疮、脚底流脓的头号大坏蛋，不杀不足以平民愤。屠岸贾这时候也在朝堂之上，一看这阵势，知道自己气数已尽，非死不可了，不由得魂飞魄散，瘫倒在地。晋悼公当即下令杀死屠岸贾，又吩咐赵武带着士兵去抄斩屠家。赵武还把屠岸贾的头割下来，去祭奠他的父亲赵朔。

第二天，程婴对赵武说："我程婴历尽千辛万苦抚养赵家的后代，就是为了让赵家沉冤昭雪。现在你已长大成人，赵家的冤仇也已报了，我要到地下去见你父亲和我的好朋友公孙杵臼了。"

赵武吓了一跳，痛哭流涕，连连叩头，说道："先生的大恩大德，我赵武一辈子做牛做马也无法报答。先生怎么可以离开我呢？"

程婴平静地说："这是当年我和公孙杵臼的约定。他认为我能把你抚养成人，所以才先我而死，把生留给了我。今天我不死，怎么对得起他？"说罢，便拔刀自杀。

赵武抱着程婴的尸体失声痛哭。后来，他戴孝三年，把程婴当作自己的亲生父亲一样对待。每年春秋，赵家后代都要去祭祀程婴，永世不绝。

【故事来源】

　　据《史记·赵世家》译写。部分情节参考元朝纪君祥杂剧《赵氏孤儿》加以补充。

要离与菑丘䜣

春秋时期,东海这个地方出了个勇士,名叫菑(zī)丘䜣(xīn),勇猛无比,天下闻名。一天,路过淮河的一个渡口时,马渴了,他就跳下马来,放马去河里饮水。渡口的官吏看见了,过来劝阻,说道:"这河里有神怪,最喜欢吃马,你就别让马去饮水了。"菑丘䜣拍拍胸脯说:"我是勇士,难道会怕神怪吗?"一挥手,就让随从带了马去饮水。果然,一阵狂风吹过,马就被河水卷走了。

菑丘䜣发火了,脱下长袍,拔出佩剑,跳进了波涛汹涌的淮河,在水里寻找神怪决斗,一打打了三天三夜,杀死了三条蛟、一条龙,这才上岸。一时间,河水染成红色,两岸到处都是血腥气。雷神见菑丘䜣这么张扬跋扈,也发火了,霹雳就像是长了眼睛似的,追来追去,朝菑丘䜣头上打去。淮河两岸,狂风暴雨,电闪雷鸣,足足折腾了十天十夜才停歇。在这场搏斗中,菑丘䜣瞎掉了一只眼睛。这一来,他的名声就更大啦。

当时,吴越(今江浙一带)地方也有个勇士,名叫要离,听说菑丘䜣这般威猛,就去拜访他。这天,菑丘䜣正参加一个朋友的丧礼。丧宴上客人很多,都是当地有名望的人。菑丘䜣哪里把这些人放在眼里,自以为天下第一,就一个人架起了腿大吃大喝起来。旁边的人见了,心里很气愤,却又不敢跟他计较。

要离却不怕他，走到椒丘䜣跟前，对他说："你就是那个大名鼎鼎的椒丘䜣吗？不过你也没什么了不起的。我听人家说，天下的勇士跟对方决斗，宁可牺牲，绝不受污辱。你倒好，丢了一匹马，又瞎了一只眼，却跑到这儿来逞英雄，你这种人还称得上勇士吗？"

椒丘䜣气得七窍冒烟，当着这么多人的面却又不好发作，只好咬咬牙说："你等着瞧吧，看看到底是谁厉害！"

要离回到家里，对他妻子说："我今天在大庭广众之下羞辱了勇士椒丘䜣，他憋了一肚子的火，今天夜里一定要来报复的。你晚上不要关门。"

夜里，椒丘䜣果然怒气冲冲地来了，一看，大门敞开着。他一路进来，每道门都是开着的，很容易就走进了要离的卧室，只见要离解开了头发，直挺挺地躺在床上，一点也没有害怕的样子。椒丘䜣越发恼火，手持利剑，一把揪住要离的头发，就把他从床上提了起来，指着他的鼻子骂道："你有死罪三条，你知道吗？"

要离说："不知道。"

"你在大庭广众之下羞辱了我，这是一；你夜里不关门，这是二；你睡觉的时候一点也没有防备，这是三。"

要离微微一笑，看着椒丘䜣的眼睛说："我有死罪三条，你也有三个不像话的地方，你知道吗？"

椒丘䜣说："不知道。"

"好！那我就来告诉你。我在大庭广众之下羞辱你，你不敢当面跟我争辩，却到了晚上来寻衅，这是第一个不像话；你进门不先咳嗽一声，到了堂上，又闷声不响，就跟做贼似的，不光明正大，这是第二个不像话；你先拔出剑来，抓住我的头发，这才敢口出狂言，这是第三个不像话。你有三个不像话的地方，却还要在我面前逞威风，岂不太可怜了！"

葘丘䜣一听，满脸通红，当即把利剑掷在地上，长叹一声说："我是天下的勇士，走遍大江南北，没有一个人敢这样跟我说话。要离确实比我厉害，你是天下的壮士啊！"

【故事来源】

这个故事较早见于汉朝韩婴《韩诗外传》、晋朝张华《博物志》，唐朝李冗《独异志》中也有记载。本文主要依据东汉赵晔《吴越春秋》卷四译写。

伍子胥出逃

春秋时期，楚平王为太子建请了两个老师——太子太傅伍奢和太子少傅费无忌。费无忌专门教习太子建武艺，然而太子建并不是很喜欢这个老师，认为他人品有问题，是个小人，就刻意疏远。这让费无忌非常郁闷，一旦太子建当上了楚王，自己的好日子就算要到头了，于是他一直找机会制约太子建，而制约的最好方式就是离间楚平王与太子建。

费无忌建议给太子建纳妃，到秦国成功求亲后，平王派他出使秦国，为太子建迎娶秦女。费无忌一看，这秦女长得实在太漂亮了，而楚平王又非常好色，觉得这是个离间平王和太子建的好机会。他极力向楚平王描述秦女的美貌，并对平王说："秦女天下无双，大王自己留下吧。"这正中平王下怀，于是他老实不客气就把儿媳霸占了过去，成了自己的妃子；又让费无忌为太子建娶了个齐女。这事让伍奢知道了，他一次次上朝堂去劝谏平王，说这事做不得。平王不听，反而对伍奢怀恨在心。

费无忌溜须拍马，一不做，二不休，索性怂恿平王把太子建派出去镇守城父（今河南宝丰县），接着又一次次挑拨平王父子的关系，给平王出主意：杀太子建，这样攻讦楚平王抢儿媳妇的闲言碎语才能彻底消失。到头来，昏庸无道的楚平王果然上了当，一

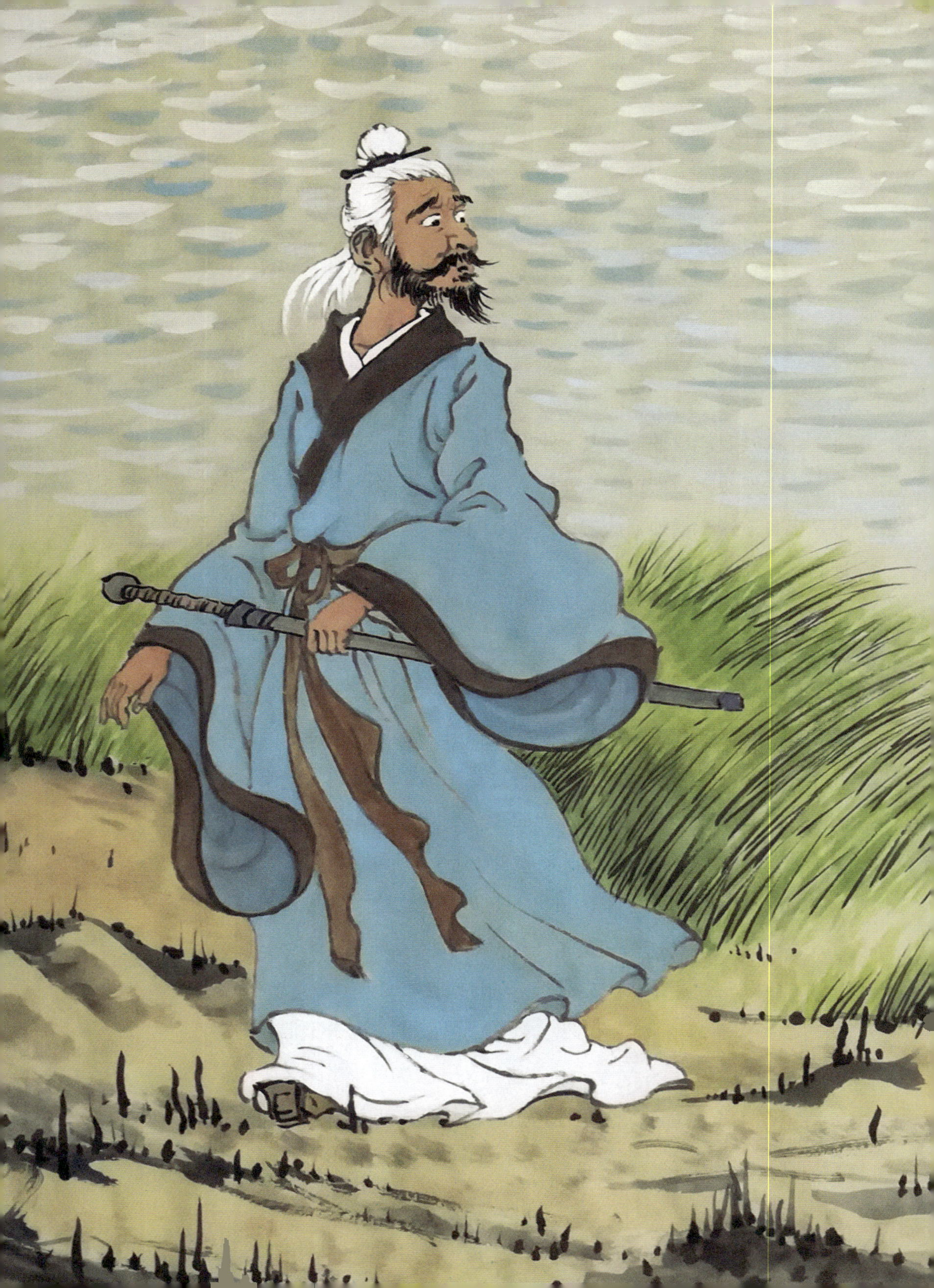

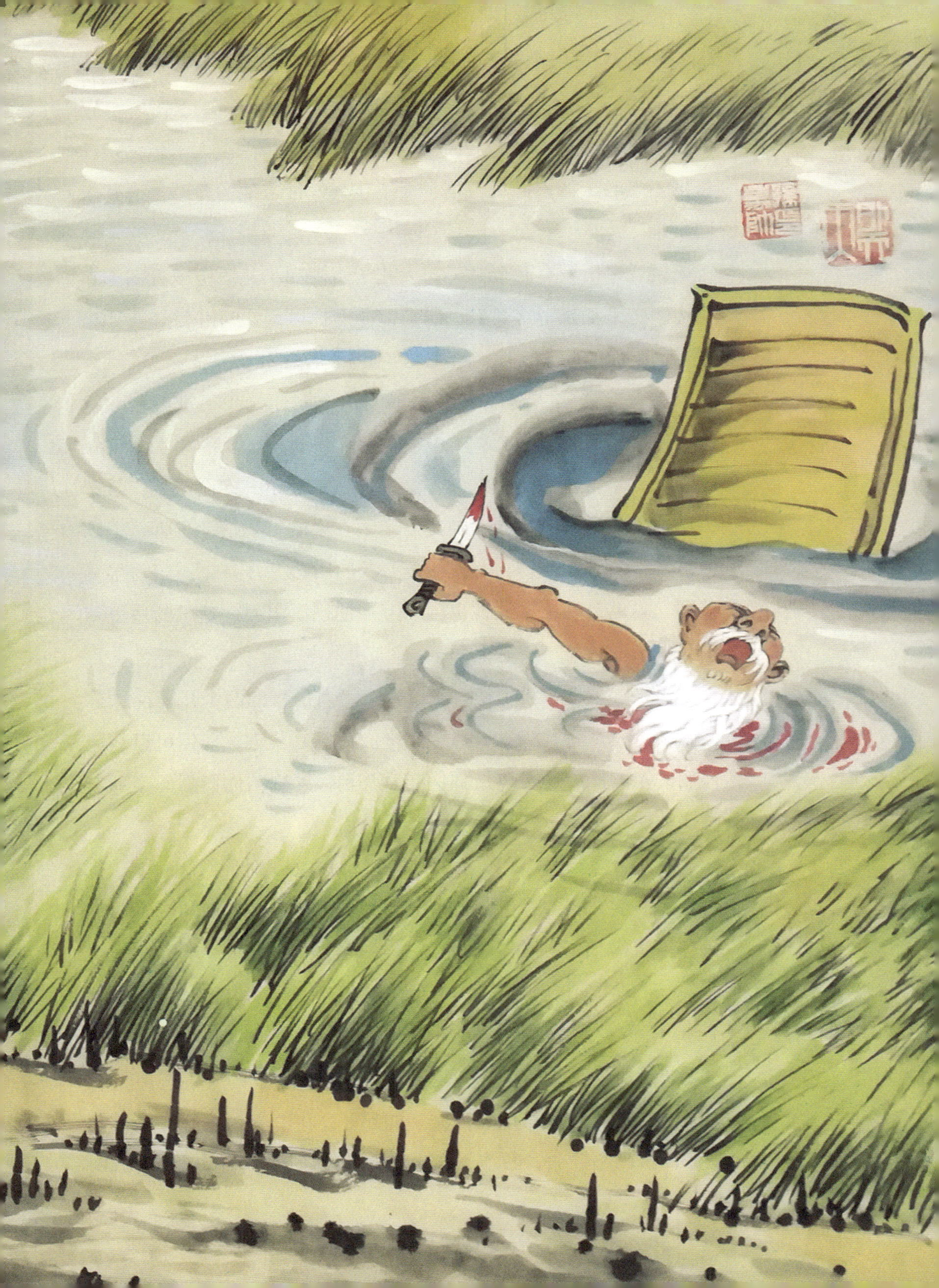

面把伍奢抓起来治罪，一面又派城父司马奋扬去杀太子建。司马奋扬不忍心，派人通风报信，太子建只好带着他的儿子，逃到宋国避难。

再说，伍奢有两个儿子，大儿子伍尚和小儿子伍子胥都不在身边。楚平王想把这两人也诱来，一网打尽，就问伍奢："我如果派人去唤你的儿子，他们会来吗？"

伍奢老老实实地回答："大王问这个问题，我很难答复。对你实说了，显得我怕死；不说吧，又显得我连子女的心思也不知道。说起来，伍尚这个人又仁义又聪明，他是一定会来的；伍子胥这个人又勇敢又聪明，他是一定不会来的。我估计子胥一得到消息，就会逃到吴国去。大王务必要吩咐边关守将，城门得早早关闭，迟迟打开，不让他出国。万一他逃了出去，楚国的边境就不会太平啦。"

于是，楚平王派了使者到伍家去，对伍奢的两个儿子说："你们的父亲犯了罪，被大王抓了起来。你们赶紧去，非但可以赦免你们父亲的罪，还可以给你们封官加爵；否则，你们的父亲马上就要被处死了！"

伍子胥冷笑一声，斩钉截铁地对哥哥说："别听他这一套。我们要是去了，准会落入大王的手掌心，谁都动弹不了；我们不去，就有报仇雪恨的机会，大王也不敢轻举妄动。所以我们兄弟两人，一个人也不能去。去了，父子一起死，太不值得了；死了就不能报杀父之仇，这称得上勇敢吗？"

尽管伍子胥分析得头头是道，伍尚却自有他的一番道理。他说："我去了，或许可以免去父亲的死罪；我不去，就是不仁。为了保住自己的性命，断绝父亲生还的一线希望，我于心不忍。我们兄弟二人主见不同，打算不一，不必相互勉强。弟弟，你就照你的意志去行事吧。我明知会死，也还是要去的。"伍尚来到京城。楚平王见伍子胥没来，就再派使者去传唤，并且对使者说："去告诉他，如果他来了，就赦免他父亲，如果他不来，马上就把他父亲杀了！"

使者到了伍家，伍子胥已全身披挂。他带着弓箭，冷冷地对使者说道："请你回去告诉大王，如果大王认为伍奢无罪，就应该把他放了。这跟他的儿子去不去京城，根本不相干。"

使者碰了一鼻子灰，回到京城，把这番话一五一十说了一遍。楚平王知道伍子胥不会上钩，就把伍奢和伍尚一起杀了。

伍子胥得到噩耗，悲痛难忍。想到楚平王不会放过自己，他日夜兼程逃到宋国，找到太子建。这时宋国发生内乱，他们只好又逃到郑国。太子建报仇心切，竟私通晋国，想夺取郑定公的王位，然后打回楚国去。太子建做事鲁莽，又不跟伍子胥商量，后来不小心泄露机密，自己反倒被郑定公杀死。伍子胥得到消息，万般无奈，只好又带着太子建的儿子公子胜逃出郑国，准备经陈国逃到吴国去。

陈国是楚国的属国，这时候楚平王的军队早已守候在陈国和吴国的边界昭关（今安徽含山县西北）。关口上挂着伍子胥的画影，平王下令严格检查每一个过关的人，不许放跑伍子胥。

伍子胥从老百姓那里得到了消息，知道不能草率行事，只好先躲在一个名叫东皋公的老人家中，再伺机混出关去。为了过昭关，伍子胥忧心忡忡，彻夜不眠，第二天起床梳头，竟发现自己的一头黑发全部变成了白发。民间流传的一句谚语"伍子胥过昭关，一夜愁白了头"，就是由此而来的。

还是东皋公想出了一个声东击西的计策，派一个人假冒伍子胥，故意让守关的士兵捉住，趁大伙儿乱哄哄的时候，伍子胥带着公子胜混过关去了。

伍子胥仓皇出逃，慌不择路，走着走着，走到了一条江边，但见江面辽阔，水波浩渺。正担心过不了江时，远处芦苇丛中摇出一条渔船来，他高声喊了过去："渔翁，请你把我渡过江去吧！"

渔翁一看伍子胥的相貌，就知道他绝非寻常之辈。有心渡他过江，又怕被别人看见，反而误事。于是，渔翁一边摇船过去，一边若无其事地唱起了渔歌：

太阳太亮了，
等它下山吧。
在那芦苇丛生的岸边，
你我正可以相会。

伍子胥听懂了渔翁的意思，走向弯弯曲曲的岸边，在那茂密的芦苇丛中藏了起来。

太阳下山了，渔翁一边摇船，一边唱着歌，又来到这里。他唱道：

太阳下山了，
可以渡河了。
为什么不见你，
为什么你不出来？

伍子胥连忙抱着公子胜从隐蔽的地方走出来，跳上渔翁的小船，俯伏着身子，催他赶快过江。

船到江心，伍子胥定睛观看，才看清了渔翁的脸，忍不住开口说道："你叫什么名字？我将来一定要好好报答你的大恩大德。"

渔翁朝他憨厚地笑了笑，不动声色地说："放走楚国叛贼的，是我；打算报楚国仇的，是你。我们两个人做的事都不仁，何必再相问姓名呢？"

伍子胥心里一咯噔，知道对方早已认出了自己，就从身上解下一把宝剑来，双手捧上，诚心诚意地说："这是我祖上传下来的宝剑，价值百金，今天就送给你吧。"

渔翁说："楚平王早就贴出告示，谁捉住伍子胥，赏赐千金。今天我宁可不要楚平王的千金，难道还会要你的百金吗？"

伍子胥一阵脸红，只好讪讪(shàn)地把宝剑收了回来。不一会儿，船到对岸，渔翁又拿出饭和酒菜，对他说："你们赶快吃吧，可别让追赶的人追上啊。"

> **讪讪**
> 不好意思、难为情的样子。

伍子胥十分感动，和公子胜赶紧吃饭。临走的时候，伍子胥有些不放心，又回过头去叮嘱那渔翁快把酒饭都收拾好，千万不能露出破绽来！

渔翁朝他看看，不耐烦地说："知道啦。"

伍子胥朝前才走了没几步，只听得背后有响声，回头一看，不由得大吃一惊。原来那渔翁早已把渔船覆在江里，用匕首自刎而死了。渔翁的意思不言而喻：他一死，这事就再也没人知道了，伍子胥还有什么放心不下的呢？伍子胥心里一阵激动，不觉洒下几滴热泪，就又赶紧上了路。

这天，伍子胥和公子胜来到溧(lì)阳（今江苏西南部，苏浙皖三省接壤）地界，看见一位妇女在濑(lài)水边上洗衣裳。这时，他们已经好几天没吃饭了，肚子饿得咕咕叫。伍子胥老着脸皮上前乞讨："大嫂，能否给我们一点饭吃？"

妇女抬头一看，原来是流浪汉，他们看起来虽然风尘仆仆，面有饥色，但眉宇之间却透露出一股豪杰气概。这位妇女知道他们定是落难的英雄，就毅然答应了，说道："可以，吃吧。"说罢，她打开饭篮，拿出水壶，请他们吃饭。

吃饱后，临走的时候，伍子胥对妇女说："大嫂，把你的饭篮和水壶都藏起来吧，可别让人看见了。"

那妇女轻轻说了声"知道啦"，就再也不吭声了。不料，他们才走了五步路，又听见背后"扑通"一声，回头一看，那妇女竟跳进濑水里去，自杀了。

他心酸不已，为了救自己和公子胜，一路上接连死了两位恩人，他们的大恩大德，这一辈子都不能忘记！他一跺脚，又带着公子胜急匆匆地朝前走去。

就这样，他们历尽千辛万苦，终于来到吴国的都城。后来，伍子胥得到吴王阖闾(hé lǘ)的重用，带兵进攻楚国，占领了楚国都城郢都。那时候，楚平王早已死了，伍子胥为了报仇雪恨，打开楚平王的坟墓，把尸首拉出来，亲自抡起钢鞭*，一口气打了三百鞭，把楚平王的尸骨全都打得粉碎。

钢鞭
中国古代的一种钝兵器，属十八般兵器之一，用铁做成，有节，没有锋刃。

【故事来源】

主要根据东汉袁康和吴平《越绝书》卷一译写，部分情节参考《战国策》《史记》《吴越春秋》，予以补充。

紫玉化烟

春秋时期，吴王夫差有个小女儿名叫紫玉，年方十八，才貌十分出众。当时有个书生名叫韩重，十九岁，很有学问，地方上的人都很赞许他。紫玉十分喜欢韩重，两个人常常避开吴王，私下里书信来往，感情越来越亲密。紫玉一再向韩重表示，将来一定要嫁给他，两人白头偕老。

后来，韩重要到齐鲁一带去求学。临走的时候，他要自己的父母亲托人去为他求婚。吴王一听，韩重不过是个穷书生，这怎么可能呢？当场大发雷霆，声色俱厉地说："我的女儿是绝不会嫁给这种人的！"

紫玉知道了，对父亲的独断专横十分反感，可是凭她这么一个弱女子，又有什么办法呢？她心中郁悒(yì)，整天长吁短叹，终于病重而死。吴王把她葬在阊(chāng)门*外面。

三年后，韩重学成回到吴国，急切地向父母问起托人求婚的事。两位老人叹了一口气，难过地说："唉，别提了！这事惹得吴王大发雷霆，紫玉姑娘心中闷闷不乐，不幸病故，也早已埋葬了。孩子，人死不能复活，你还是想开些吧。"

韩重听到这消息，犹如晴空霹雳，号啕大哭之后，当即备了祭品，急匆匆赶到紫玉的墓前去悼念。

阊门
皇宫的正门，或神话中的天门。这里指吴国的城门。

正当韩重哭得昏天黑地的时候,紫玉的魂灵竟从坟墓里飘飘悠悠地出来了,流着泪对韩重说:"韩郎,当年你走了以后,你的双亲托人到父王跟前去求婚,原以为一定可以如愿以偿,成全我俩的姻缘。谁知道父王独断专横,就是不肯答应。唉!我的命怎么就这样苦哇!"说完,紫玉十分伤心,低着头轻轻唱起了一支歌:

　　南山上有乌鸦呵,
　　北山上张起了网;
　　乌鸦高高地飞去了呵,
　　网儿空惆怅。
　　我多么想嫁给你哟,
　　谁知道讲坏话的人如此嚣张!
　　害得我郁结成疾,
　　九泉之下把命丧。
　　我的命苦呵,
　　我的冤何时才得伸张?
　　鸟类的王呵,
　　名叫凤凰。
　　雌凰一旦失去了雄凤哟,
　　她就会整整三年一直悲伤。
　　虽然有众多的鸟儿在她周围,
　　却不能与她匹配成双。
　　我这丑陋的姿色哟,
　　见到你才会重放辉煌。
　　我俩虽然天各一方,

心和心却紧紧地依傍。

当年的爱情哟，

我永不相忘！

歌还没唱完，紫玉早已泪流满面。韩重更是哭得揪心，倒在了地上。不一会儿，紫玉擦一擦眼泪，哽咽着邀请韩重跟她一起到坟墓里去。

韩重大吃一惊，迟疑着说："你我一死一生，不是一条路。这个我实在不敢答应啊！"

紫玉真诚地说："是的，生死固然不是一条路，只是今天一别，我们就永远没有机会重逢了。你难道怕我是鬼，会来害你吗？唉，我可是一片真心，才出来见你的啊！你怎么这样不相信我呢？"

韩重听了十分感动，不由得回想起他俩当年在一起时的美好情景，也就不顾一切地陪着紫玉，不知不觉走进了坟墓。到里面一看，墓穴装修得十分豪华，各种用品，一应俱全。紫玉拿出山珍海味、美酒佳肴，款待韩重。两个人相亲相爱，在墓穴中一起住了三天三夜。

三天以后，韩重要走了，依依不舍地向紫玉告别。紫玉取出一颗直径一寸左右的大明珠送给韩重，含着热泪对他说："我父亲毁坏了我的名声，又断绝了我的希望。我对他只有怨恨，已经没有什么话好说的了。希望你善自珍重。如果你到我家去，就向我父亲问个好吧。"

韩重出了坟墓，就直接去见吴王夫差，把这件事的经过一五一十地说了一遍。吴王夫差哪里会相信他的话，又是大发雷霆，恶狠狠地说："我的女儿早就死了，怎么会与你见面呢？分明是你在造谣惑众，污辱亡灵。哼！你已经犯下了掘坟盗棺之罪，却还要假托什么鬼魂之类的话来骗人，实在太可恶了！"于是，吴王下令把韩重抓起来问罪。

韩重好不容易设法逃了出来，跌跌撞撞赶到紫玉的坟墓前，哭诉自己的遭遇。这时候，墓里又传出了紫玉的声音："韩郎别担心，你回家去吧，今天我就会回去跟父王说明白的。"韩重这才安下心来。

那天，吴王夫差正准备上朝，忽然看见紫玉飘飘悠悠地从外面走进来，不禁惊喜交集，连忙迎上去，问道："咦，我儿怎么又活过来啦？"

紫玉"扑通"一声跪在地上，哀怨地说道："父王，当初韩郎的双亲托人来我家求婚，本是一桩好事，父王就是不肯答应。女儿的名声被毁坏了，一线希望也断绝了，以致我得病身死。韩郎从远方归来，听说我死了，特地备了祭品，到我的墓前来悼念，声声哭诉，千言万语，他的痴情深深感动了我，我这才毅然出来与他相见。送给他一颗大明珠，也是为了表明我的一番心意。这可不是什么掘坟盗棺，请你千万不要去治他的罪。"

吴王夫人在里面听得真切，这不是女儿紫玉的声音吗？她赶紧出来要抱住她。谁知道紫玉竟像一缕青烟那样，逸出窗外，飘向空中，霎时间便无影无踪，再也看不见了。

【故事来源】

据东晋干宝《搜神记》卷十六译写。

勾践复国

春秋时期，越国建都在会稽（今浙江绍兴），吴国建都在吴郡（今江苏苏州），两国之间常常发生战争。

鲁定公十四年（前496年），吴王阖闾听到越王允常死了，越王的儿子勾践刚即位，就想乘虚而入，带领大军攻打越国。双方在檇(zuì)李（今浙江嘉兴西南）一带交锋。勾践见吴军阵势严整，命令敢死队冲锋，敢死队为吴军擒获。勾践再次组织敢死队冲锋，又被吴军所擒。勾践见两次冲锋都没有成功，就另派敢死队排成三列，各持剑于颈上，走到吴军阵前说："现在吴、越二军交兵，臣等违犯了军令，在队列前面行为不果敢，不敢逃避刑罚，谨敢自首而死。"于是，都自刎而死。吴军注目观看，惊骇不已。就在这时，勾践又派出奇兵从后面偷袭，打得吴军阵脚大乱。慌乱之中，吴王阖闾被越军的冷箭射伤。不久，阖闾伤重而死，临死的时候再三嘱咐儿子夫差："你千万不可忘记越国的杀父之仇啊！"

三年后，勾践听说夫差日夜练兵，准备复仇，就想率兵北上，先发制人。谋士范蠡(lǐ)再三劝阻，勾践不听，还是要打。双方军队在夫椒（今江苏吴县一带）打了一仗，越兵大败。吴军乘胜追击，把越国的都城会稽团团围住，勾践走投无路，只好弃城投降。

这时候，夫差手下大将伍子胥主张把勾践杀死，将越国灭掉，以绝后患。勾践很紧张，马上派文种到吴国，送了许多金银宝贝和美女给夫差的宠臣太宰嚭(pǐ)，请他出面为勾践说情。这一招果然十分灵光，太宰嚭收下美女和珠宝之后，眉开眼笑，一口答应帮忙。再说夫差这个人，也是个很喜欢听好话的人，见太宰嚭这么一说，就动了心，心想："要灭掉越国还不是小菜一碟，有什么大不了的！倒不如赦免勾践一死，也好在诸侯之中扬扬名气，让大家赞扬我宽宏大量。"他当即下令收兵回国，同时把勾践和范蠡这几个人押回吴国，让他们住在阖闾坟墓前的一个石屋子里，一边替阖闾看墓，一边养马。

勾践是个很有心计的人，他心里虽然十分气愤，恨不得咬死夫差，出出这口怨气，可是他知道小不忍则乱大谋，现在自己成了人家的阶下囚，不能轻举妄动。所以，他每天老老实实地铡(zhá)草喂马，刷洗马槽，表面上装得百依百顺，好让夫差对他放心。

一天，他听说夫差生了重病，就跟范蠡商议："吴王生病，三个月都没起床，你说这个病会好吗？"范蠡说："我早就打听清楚了，吴王这个病死不了，估计到己巳日病就会好了，你要留心才是。"

勾践叹一口气，又说："我这次之所以能够大难不死，全靠了你为我出谋划策。我要报仇雪恨，总得再想个办法出来才是，一切要你替我出主意了。"

范蠡说："大王最好去请求慰问吴王，见了面你尝尝吴王的粪便，说是可以尝粪诊病，预测康复的日期，然后祝贺他将在己巳日好转，三月壬申日*痊愈。你的预言一旦得到证实，吴王就会对你产生好感了。"

勾践为了复仇，什么事都愿意去做，尝粪便更不在话下了。第二天，他去找太宰嚭，要求拜见吴王，表示问候。太宰嚭替他一说，夫差果然召见了他。

勾践进宫的时候，夫差刚刚大便完，太宰嚭捧着便盆正走出来。勾践一见，正中下怀，当即拦住太宰嚭，问道："这是吴王的粪便吗？"太宰嚭点点头。勾践说："我以前受过名师指点，能够尝粪便诊治，让我来尝尝看。"说罢，他不管三七二十一，掀开盖子，捞出一把粪便就往嘴巴里塞，装模作样地品尝一番之后，进去对夫差说："恭喜大王，你的病到己巳日一定会好转，到三月壬申日就可以痊愈了。"

夫差一听，心里高兴，又问道："你怎么知道的呢？"

勾践说："下臣以前曾经受过名师指点，知道尝粪便诊治的诀窍。夫粪者，谷味也。顺时气则生，逆时气则死。刚才我尝了一下大王的粪便，味道很苦，还带点酸楚，这种味道正应顺了春夏的时气，所以我知道大王的病不久就会痊愈了。大王尽管安心休养吧。"

这一番话说得夫差满心舒畅，病好了一半。到了己巳日，病果然有了转机，到三月壬申日，就痊愈了。这一来，夫差对勾践的看法就有了一百八十度的大转弯。他想："我们吴国的满朝文武，没有一个肯尝我的粪便，只有勾践肯尝，说明他对我一片忠心。这人应该可信，为啥还要让他吃苦呢？"不久，他就把勾践放回了越国。

勾践回国以后，下决心报仇雪恨。他怕自己意志不坚定，贪

壬申日
中国古代用天干和地支来表示年、月、日和时的次序，"甲、乙、丙、丁、戊（wù）、己、庚（gēng）、辛、壬（rén）、癸（guǐ）"称为十天干，"子、丑、寅（yín）、卯（mǎo）、辰、巳（sì）、午、未、申、酉（yǒu）、戌（xū）、亥（hài）"称为十二地支。十天干和十二地支循环相配，成甲子、乙丑、丙寅、丁卯、戊辰、己巳、庚午、辛未、壬申、癸酉、甲戌、乙亥……六十组，组成干支纪元法，通称"六十甲子"。己巳日和壬申日之间间隔三天。在这里，己巳日和三月壬申日之间间隔六十三天。

勾践复国

图安逸，就想出些办法来磨砺自己。睡觉的时候，他不用被褥，而是铺了许多柴草（古时叫薪），一翻身，就让自己想起在吴国吃过的苦。他又找来一个苦胆，挂在卧室里，让自己随时都能看到它，每次吃饭之前，他都要先去尝一尝胆的苦味，大声问自己："勾践，你忘记会稽战败的耻辱了吗？"（这便是"卧薪尝胆"成语典故的来源。）

他亲自参加农业生产，扶犁种田，他的夫人也亲自纺纱织布。他们吃饭不吃肉，穿衣不用华丽的绸缎。他还能礼贤下士，关心百姓和兵士们的疾苦。他和越国人民同甘共苦，发展生产，积蓄国力，训练军队，越国终于恢复了元气，一天天强大起来。

最终，勾践率领越军北上，攻占吴国的都城，吴王夫差被逼自杀，吴国也就此灭亡了。

【故事来源】

据《史记·越王勾践世家》《吴越春秋·勾践入臣外传》综合译写。

伯牙鼓琴

春秋时期,有一对好朋友俞伯牙和钟子期。伯牙善于弹琴,他的琴艺到了登峰造极的地步;子期善于听琴,他对琴曲的鉴赏能力非常之高,谁也比不上。

先说两个小故事。伯牙曾经向成连先生学习弹琴,一连学了三年,进步很快,不过还没有达到出神入化的地步。这时,成连先生对他说:"我已经没有能力继续教你了,有一位老师能够让你进一步深造。他就住在海上,我带你一起去找他。"于是,两人驾船出海,到了东海蓬莱山,成连先生让伯牙先上岸,说是自己要去迎接老师,就一个人又驾着船驶向大海。

伯牙一个人在蓬莱山上等候了多日,山上没有别人,他终日面对着波涛起伏的浩瀚大海,看着海浪由远而近,拍打着岸边的礁石,发出哗哗的响声,群鸟在天空盘旋,发出高亢嘹亮的鸣叫,身处其中的山林却十分清幽、寂静。他觉得心中十分开阔,怆然地感叹道:"我终于明白老师为什么带我到这儿来了,他是让大自然这个老师教我感同身受,陶冶我的情操啊!"他情不自禁地拿起琴,合着这大自然的节拍,奏出了雄壮而优美的旋律。

一曲奏罢,成连先生正好驾船回到这里,对伯牙说:"从琴声里听得出来,你已经学成了。我们一起回去吧。"伯牙明白了成连先生的良苦用心，对这位老师更加感激。

再说说子期听琴的故事。据说，一天夜里，子期路过一户人家，听见里面有人在击磬。磬是古代的乐器，用玉石雕刻而成，悬挂在架子上，依据大小不等，可敲击出不同的音调。这天夜里，子期在门外听了一会儿，不声不响地走了。第二天，他特地登门拜访，对那个击磬的人说："昨夜听你击磬，磬声不胜悲哀，你能把你心中的苦楚说给我听吗？或许我可以帮助你。"

那个击磬的人回答说："我的父亲犯了杀人死罪，害得我的母亲被卖给官家做奴，我也要为官家击磬。我在这里想念我的母亲，我们母子已经三年没有见面了。昨天我在市场上见到了母亲，很想为她赎身，却又没有钱，这就是我悲伤的缘故。"子期听了之后，感慨万千地说："你的悲痛在心里，却通过木石传达了出来，这是真正的感情啊！"后来，子期帮助了这个击磬的人，他们母子得以团聚。

现在我们再来说说伯牙鼓琴、子期听琴的故事。

伯牙和子期原先是不认识的。一天，伯牙在一个亭子里弹琴，琴曲就是那首有名的《高山流水》。子期正好路过，就在边上静静地听。

伯牙弹了一段琴曲，子期不禁高声喝彩，说道："好！琴声巍巍，你的志气比泰山还要高昂！"

伯牙又接下去弹了一段琴曲，子期又忍不住称赞道："好！琴声汤汤，你的胸怀比流水还要坦荡！"

听子期这么一说，伯牙顿时感到热血沸腾，百感交集，心想："我伯牙虽然学琴这么多年，却一直深感知音难觅啊！有的人也会说声好，却说不出好在哪里。至于那些在背后说我的坏话、千方百计排挤我的人，就更不用说了。今天这个人居然能猜中我的心思，说出我琴曲的志向和寄托，真是我的知音啊！"于是，伯牙和子期成了莫逆之交。

几年后，子期积劳成疾，早早离世了。伯牙得知这个噩耗，心痛至极。一看见瑶琴，就想起了子期的音容笑貌；一拨动琴弦，就好像听到了他的声音。于是，他拿起刀割断了琴弦，把琴重重地摔在地上，哀绝地说："知音没有了，弹琴还有什么意思？我这辈子再也不弹琴了。"

【故事来源】

据《列子·汤问篇》等译写。对于这个传说，《吕氏春秋·孝行览·本味》《韩诗外传》卷九、《说苑·尊贤》等均有记载，情节大同小异。《淮南子·说山训》中则有"伯牙鼓琴，驷马仰秣（mò）"之说，意思是说伯牙弹起琴来，连驾车的马也会驻足仰首。关于钟子期听击磬的故事，最早记载于《新序·杂事第四》，可见这个传说一向很受人欢迎。"伯牙鼓琴"成为文人常用的典故，用来比喻乐曲神妙，或喻指朋友之间的心心相印。明代冯梦龙《警世通言》卷一的《俞伯牙摔琴谢知音》也是在此基础上发展而成的。湖北武汉的"琴台"、浙江海盐的"闻琴村"和"伯牙台"，相传都是伯牙鼓琴的遗迹。

孙元觉劝父

春秋时期,陈留(今河南开封市东南)这个地方有一个孩子,名叫孙元觉。他十五岁那年就做了一件了不起的事情,方圆百里的人都称赞他是个又孝顺又聪明的好孩子。

孙元觉的祖父年纪很大了,整天躺在床上,哼哼唧唧的,不但不能干活,还得让小辈们去侍候他。孙元觉的父亲因此对老人很是厌烦,常常骂他是"老不死"的。后来,他索性不声不响地编了一只很大的柳条箩筐,打算用这个箩筐把老人送到深山老林里去。这天,他把老人放进箩筐,然后叫来孙元觉,让他一起抬箩筐。

孙元觉问:"抬到哪里去?"

"小孩子家,问什么问?跟我走就是了。"

"不行,你不说清楚,我不抬。"

"好好好,对你说了也没关系。我要把你爷爷抬到深山老林里去,把他扔在那里。"

孙元觉一听,吓坏了,老祖父躺在家里都得靠家里人侍候,如果把他一个人扔在深山老林里,他还能活下去吗?太可怕了!孙元觉忍不住哭了起来,他拉着父亲的衣襟,求着说:"爹,别抬,让我一个人来侍候爷爷就好了。"

他父亲哪里肯答应,恶狠狠地说:"你知道个屁!你爷爷年纪那么大了,还有什么用处呢?人家说,老而不死,是要变成精怪的。要是我们家里出了个精怪,那还得了!不行,快抬走,快抬走!"

孙元觉看看拗不过父亲,只好一面簌簌地落眼泪,一面抬着老祖父,跟在父亲后面,一步一步朝深山里走去。

走了好久好久,他们终于来到一个荒无人烟的地方。父子俩放下箩筐,又把老人从箩筐里抬了出来,让他躺在地上。

孙元觉舍不得老祖父,不忍心让他这么一个老人无依无靠地在深山里受苦,就苦苦地规劝父亲,希望父亲能回心转意。可是,他父亲铁石心肠,死也不肯改变主意。

孙元觉看看没有办法了,只好抱着老祖父号啕大哭了一场。哭完了,他闷声不响,背起那只大箩筐,头也不回地往回走了。

他父亲奇怪起来,追上去一把夺过箩筐,扔在地上,拉起孙元觉就走,一边走,一边说:"小孩子家真不懂事!你知道吗,这就是你爷爷的棺材呀,这种不吉利的东西拿回去有什么用?走吧,走吧!"

孙元觉朝父亲看看,还是闷声不响,又去把箩筐拾了起来,拍拍干净,这才一本正经地对父亲说:"有什么不吉利的?这是用惯了的东西,可以说是我们家的传家宝了,你说是不是?将来你也要老的,到了你老得走不动的时候,我还要拿它来送你进山呢,大小正好差不多,就不必另外重做了。"

他父亲怎么也没想到,儿子居然会说出这种话来,顿时吓得心惊肉跳,气急败坏地对孙元觉说:"你反了吗?知道不知道,你是我的儿子呀,怎么可以丢弃我呢?"

孙元觉这会儿却不怕他父亲了，只见他不慌不忙地对父亲说："为什么不可以丢弃你？我也听人家说，有其父必有其子，上梁不正下梁歪。做父亲的要改变子女的品性，自己得先做出个样子来。今天你一再教诲我，说人老而不死，是要变成精怪的，人老了就没用了。是你逼着我要听你的话，把爷爷抬进山来扔掉的。你说，我怎么敢违背你的教诲呢？"

这些话句句都在理。至此，他父亲才终于明白过来，觉得自己活了这么大岁数，还不如这个孩子呢，真是太不应该了。于是，他马上把老人背进箩筐，含着热泪，将老人又抬了回来。

从此，他父亲真心诚意地赡养老人，做得比原来不知要好上多少倍呢。

孔子知道这件事后，非常赞赏孙元觉的做法。

【故事来源】

据敦煌石窟藏书句道兴本《搜神记》译写。当代民间故事中有一则流传很广的《传代碗》，说一个儿媳妇虐待婆婆，给她一只破碗吃饭。孙媳妇进门后觉得不对头，就故意让太婆打破这只破碗，然后孙媳妇借题发挥，说这是只"传代碗"，将来还要给自己的婆婆用呢。恶媳妇听后，幡然醒悟，从此不敢再虐待婆婆了。不难发现，《传代碗》的故事结构和《孙元觉劝父》的故事结构是非常相似的。

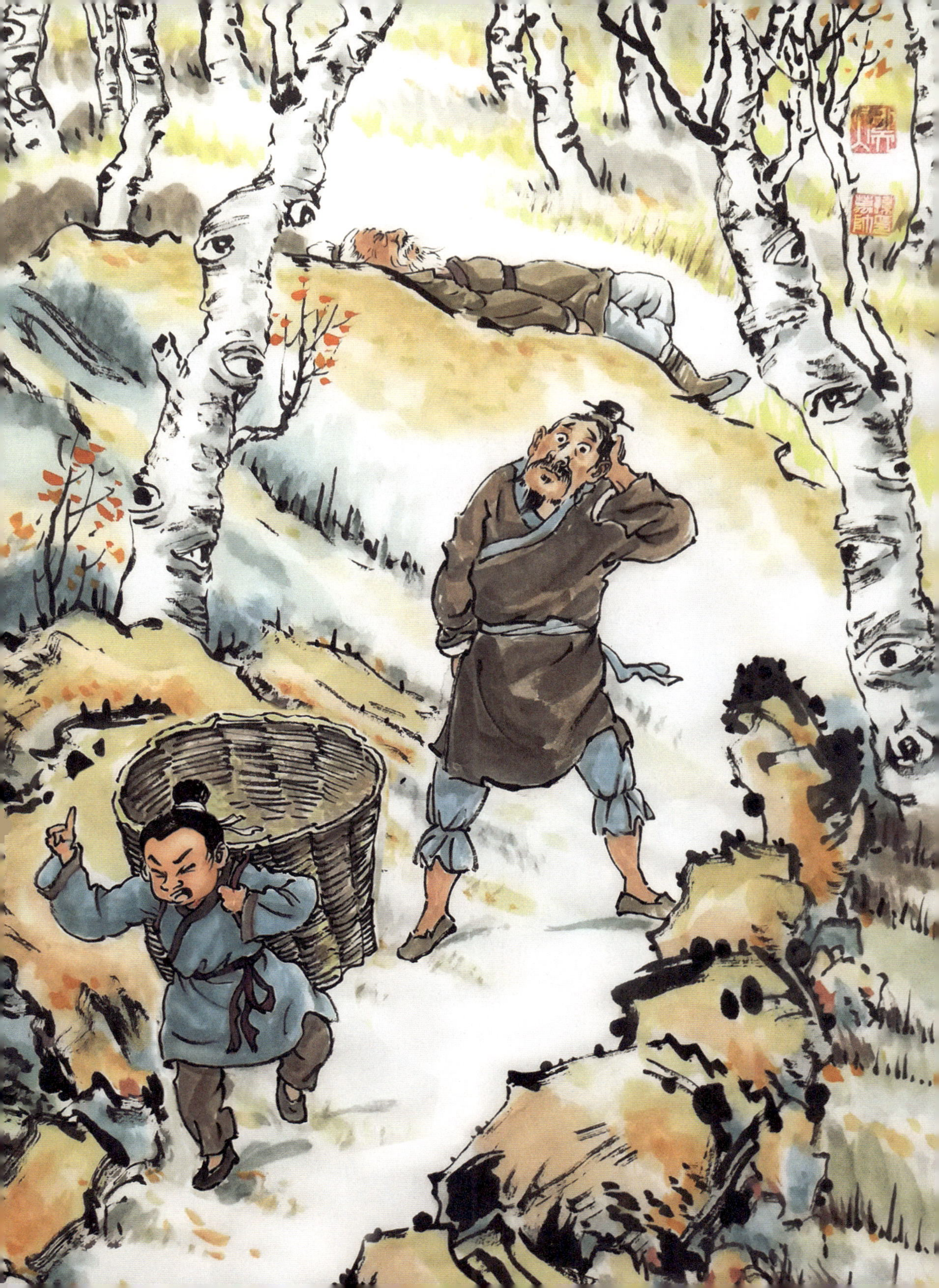

颜回拾尘

孔子带了许多学生路经陈国和蔡国,要到楚国去。当时陈国和蔡国都很弱小,楚国很强大,陈国和蔡国的国君生怕楚国采纳了孔子的主张,变得更加强大,对两个小国不利,就派出一批兵士,把孔子和他的学生围困在了陈国和蔡国之间。他们不能前行,连续七天都吃不上饭,也无法与外边取得联系,很多人都病倒了。

学生子贡很是勇敢,他一个人拼着性命冲出重围,用随身带去的一些财物向当地农民换回来一石米。孔子松了一口气,吩咐颜回和仲由两个学生赶快去做饭。

野地里除了早已没人住的几间破屋外,什么都没有。颜回临时在那里搭起个地灶,淘了米,生了火,做起饭来。

饭熟了,颜回掀开锅盖正要盛饭,不料,锅里往上冒的热气冲动了屋梁上的尘埃,不偏不倚,尘埃正好掉落到雪白的米饭中,把好端端的一锅饭给弄脏了。颜回一看,心痛得不得了,伸出手来轻轻一抓,把表面上那些沾上尘埃的饭粒捞了起来,全都塞进嘴里吃了下去。

子贡正好在井边打水,看见了这事,他心里很不高兴,以为颜回不老实,一个人偷饭吃。于是,子贡气呼呼地跑去找老师孔

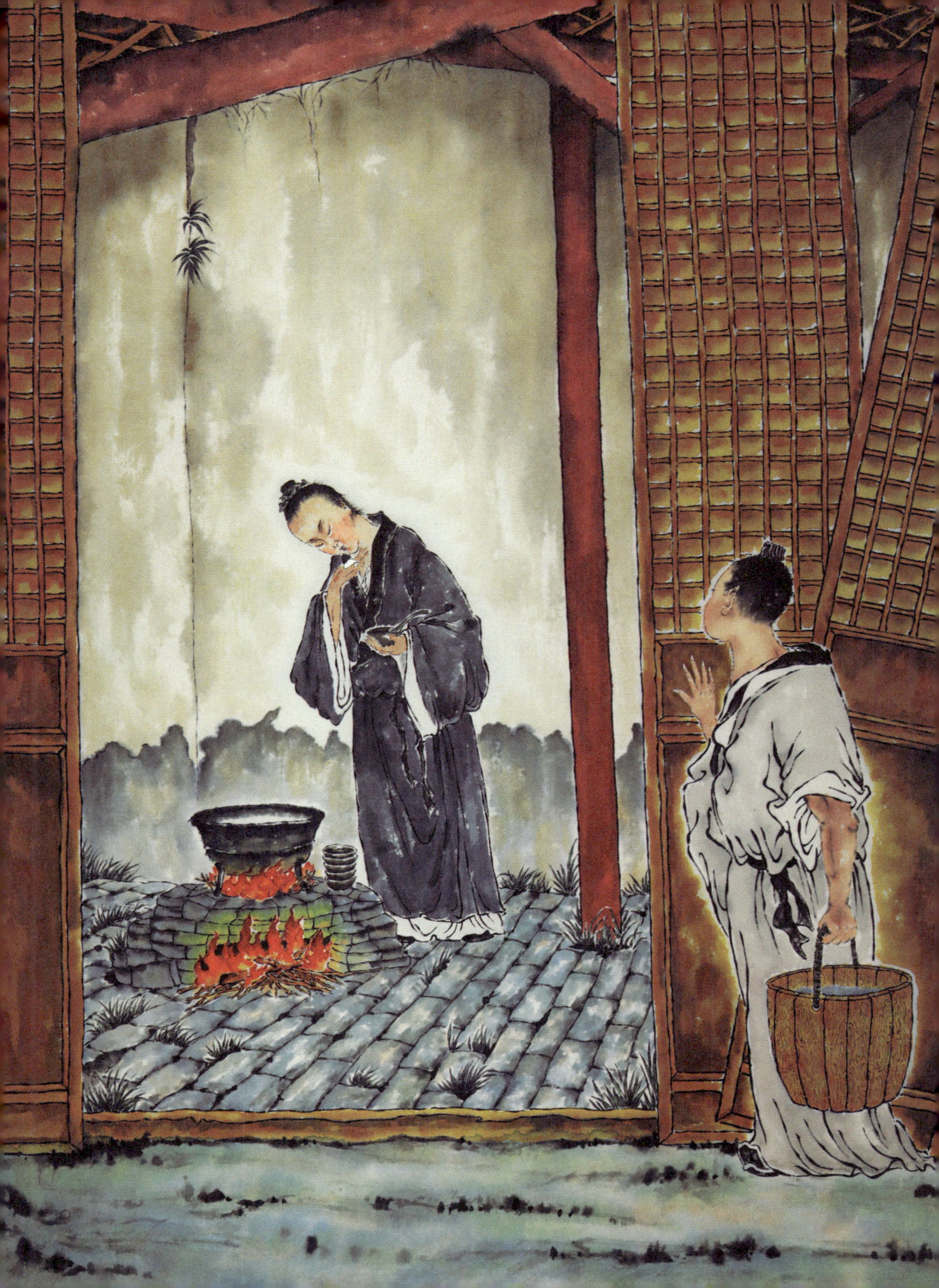

子，问道："老师，一向讲究仁义道德、礼义廉耻的正人君子，到了穷困潦倒的时候，是不是就可以改变自己的志气呢？"孔子回答说："一个人如果经不起考验，轻易就改变了自己的志气，他就称不上是仁义道德的正人君子了。"

子贡又问："那么，如果像颜回这样的正人君子，他大概不会轻易改变自己的志气吧？"

孔子点点头："是的。"

子贡再也忍不住了，就把自己刚才亲眼看见颜回偷饭吃的事，一五一十地说了一遍。

孔子一听，觉得有些出乎意料，一时之间竟说不出话来。隔了好一阵，他才对子贡说："我一直相信颜回是个仁义道德的正人君子。虽然你今天说得有板有眼，证据充分，我还是不大敢相信。这中间或许有别的什么原因吧？你暂时先不要把这事声张出去，让我亲自问一问他。"

于是，孔子就把颜回叫了进来，故意对他说："我刚才梦见了我的祖先，或许是他们要来保佑我渡过这个难关吧。你刚刚烧好饭，就先盛一碗饭进来，我要用这饭来祭祀我的祖先。"

颜回连忙说："这可不行。刚才我在掀锅盖的时候，有一些尘埃从梁上落下来，把饭弄脏了。如果不管吧，一锅饭都不干净了；如果把弄脏的饭丢掉吧，又觉得可惜，所以我就把这些沾上尘埃的饭吃了下去。老师，这锅饭已经弄脏了，而且我又先吃了一点，如果拿去祭祀祖先，太不恭敬了。是不是让我再去烧一锅？"

孔子一听，原来是这么一回事，心中的一块大石头也落了地，高兴地说："既然如此，那就不祭祀了。来来来，我们大家一起吃饭吧。"

颜回出去盛饭,孔子回过头对身边的几位学生说:"你们都听见了吧?我相信颜回这个好学生,不是从今天才开始的啊!"

从此,学生们更加敬佩颜回了。

【故事来源】

据《孔子家语》卷五《在厄》译写。这个故事在《吕氏春秋·审分览·任数》里也有记载,说是孔子看见颜回从饭甑(zèng)里抓饭吃,就故意说是要用饭来祭祀祖先。颜回说明真相之后,孔子感慨万千,对学生们说:"最可以信赖的是自己的眼睛,现在自己的眼睛也不可信了;最有把握的是自己的判断,现在自己的判断却不可靠。你们一定要记住,'知人固不易矣'。"比较这两个故事,似乎《吕氏春秋》的说法含义更深刻些。历代文人常用这个典故喻指贤士受到猜疑,蒙受冤屈,也用来说明"知人固不易"的人生哲理。

曾子杀猪

春秋时期，鲁国武城（今山东费县）这个地方出了个读书人，名叫曾参。他是孔子七十二弟子之一，也是闻名遐迩的孝子。据说，"吾日三省吾身"的修养方法，就是他提出来的。四书五经中的《大学》也是他写的。《大戴礼记》中留下的十篇，相传记载的也是他的言行。后人尊称他为曾子。

那时，曾子住在乡下，一边种地，一边读书，日子过得很清贫。有一天，曾子的妻子要到城里去赶集。曾子的儿子这时候才三岁，很是顽皮，噘着嘴，跟在妈妈后面也想去。做娘的朝儿子看看，不觉为难起来：到城里要走好几十里路呢，一个三岁的孩子怎么走得动？要是让娘来抱，还要走这么多路，岂不是连大人也得累坏了，这怎么行？一狠心，她就板着脸训斥了他几句。谁知道孩子不听话，索性赖在地上大哭大闹起来，怎么说也不顶用了。

曾子的妻子一时无奈，只好骗他说："孩子乖，你快回家去等着，娘从城里回来，咱们就杀猪，烧肉，烧一大碗红烧肉给你吃，你说好不好？"

那时候，曾子家里穷，哪里有钱买肉吃，一天到晚吃的是青菜萝卜、萝卜青菜，吃得都心烦了。虽说自家的猪圈里也养了一头猪，可那是要留着过年用的，想吃也不会杀呀。现在听娘说要杀猪了，儿子顿时破涕为笑，点点头，乖乖地回家去了。

妻子从城里赶集回来，早把对儿子许的愿忘得一干二净。谁知道到家一看，却见曾子正卷着袖子，在院子里杀猪。这是怎么回事？她连忙奔过去阻止，问道："咦，你怎么想着要杀猪了？"

"这不是你说的吗？"曾子回答道。

"我啥时候说的？"

"今天早上。"

"噢，那是我和小孩子说着玩的，怎么可以当真呢？"

"你这就不对了，"曾子语重心长地对妻子说，"小孩子可不是你开玩笑的对象。要知道小孩子什么都不懂，他是要等着爸爸妈妈去教育他的。你说黑，他就知道黑；你说白，他就知道白；你今天要是欺骗了他，也就是在教他欺骗别人。俗话说，上梁不正下梁歪，就是这个道理。再说，做娘的欺骗了自己的儿子，使得自己的儿子从此不再相信自己的娘，这个代价岂不是更大了？你说是不是嘛？"

妻子满脸通红，知道自己错了。曾子明明知道家里只养了这么一头猪，但为了在孩子面前守信用，他还是咬咬牙，把猪给杀了，然后烧了红烧肉给儿子吃。

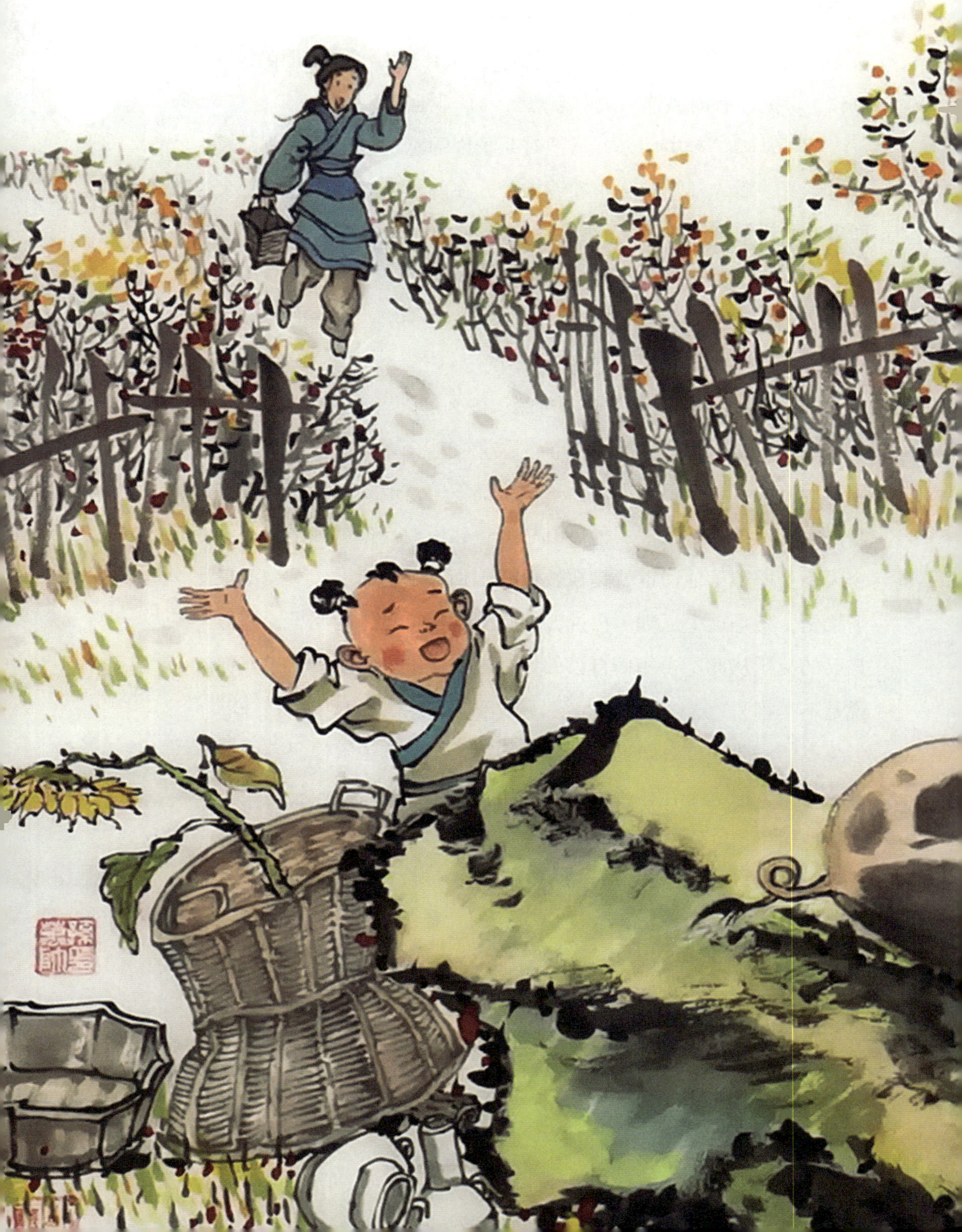

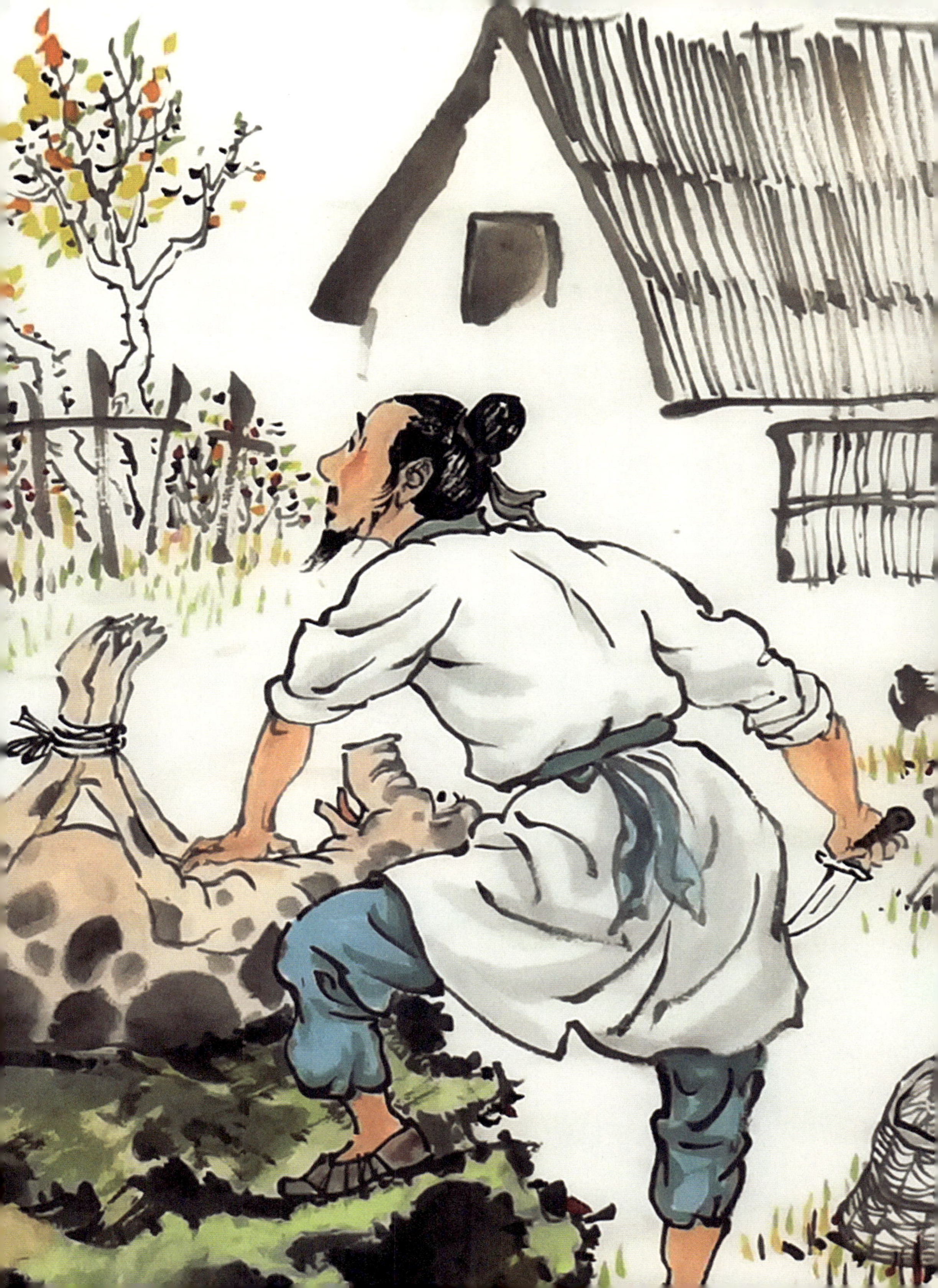

【故事来源】

　　据《韩非子·外储说左上·说六》译写。这个故事还有另外一种说法，见于《韩诗外传》卷九：孟子小时候，他家邻居杀猪，孟子问母亲，邻居为啥杀猪？孟母说是为了给他吃肉。说了之后，孟母后悔了，觉得不该欺骗小孩子，骗小孩子等于是在教他说谎。于是，孟母特地向邻居买了一块肉，烧了给孟子吃。

晏子使楚

春秋时期，齐国出了个很有名的宰相，名叫晏婴。当时人都很尊敬他，称他晏子。晏子虽说身材十分矮小，貌不惊人，可是非常聪明，口才也特别好。

一次，齐国派晏子出使到南方的楚国去。傲慢的楚王听到这个消息，对左右的臣子说："人家都说晏婴很有才能，我却不相信，今天我非得羞辱他一番不可。"楚王派人特意在大门的旁边造了一扇小门，要让晏子从小门里进去。

晏子到了楚国，楚国迎接的官员请他走小门，晏子心里有数，一边大摇大摆地从大门走了进去，一边微笑着对他们说："按照规矩，出使狗国的人是要从狗门里进去的；可是，现在我出使来到的是楚国，怎么可以从狗门入呢？"

这话不软不硬，要是再逼晏子走小门，岂不承认自己是狗国啦？这可不行！楚王碰了一鼻子灰，却还是不肯善罢甘休，想方设法在接见时取笑他。

晏子刚刚坐定，楚王就劈头盖脸地问："难道齐国就没有人了吗？"这话里还有话，意思是怎么派了这么个人来？

晏子明白了这一层意思，坦然地回答道："我们齐国的京城临淄十分繁华，共有三百条街，人们一张开衣袖，就可以把太阳都遮住；挥一下汗水，顷刻间就会下一场倾盆大雨；街上的行人摩肩接踵，怎么能说齐国没有人呢？"

楚王又说："是呀，既然如此，为啥还要派你来做使臣呢？"晏子知道楚王想羞辱他，就不卑不亢地说："这个问题不难回答。我们齐国派遣使者，一向都有个规矩：好的使者派到好的国君那里去，不好的使者就派他到不好的国君那里去。在齐国，我晏婴是一个最最没有用的人，所以只好被派到贵国来了。"

楚王一听，气得七窍生烟，好久才回过头，轻轻地对边上的人说："晏子这个人实在太厉害了，我们一定要想出个巧妙的办法来，把他和齐国都狠狠地羞辱一番才是。"

过了一会儿，有个人被捆绑着带到楚王面前。楚王假装十分吃惊的样子，问道："这是什么人？"

边上的臣子回答说："是个齐国人。"

"犯了什么罪？"

"犯了盗窃罪，非严惩不可！"

楚王一阵冷笑，不阴不阳地对晏子说："看起来，齐国人倒挺会做贼的！"

晏子离开座位，向楚王施了个礼，不紧不慢地说："晏婴听别人说：橘树生长在淮河以南，结的橘子味道很甜。把橘树移种到淮河以北的地方，谁知道橘树竟变成了枳树，那枳子又苦又涩，一点儿也不好吃。枳树叶子的形状虽然和橘树差不多，可是结出的果实，味道却已经完全两样了。这是什么原因呢？大家都说，这是水土的缘故。现在我们再来看看这个被捆绑起来的人，他原先住在齐国，不知道偷窃是怎么一回事，根本不会盗窃。可是一到了楚国，这个人居然就做起盗贼来了，可惜啊，可惜！这难道不是两个国家的风气不同造成的吗？"

楚王被晏子这一番话说得哑口无言，面红耳赤，不得不向他谢罪。楚王说："先生真是一位贤能的使臣，我要想羞辱你，自己反倒被羞辱了！"于是，他命令左右的人好好款待晏子，不能有丝毫怠慢。

【故事来源】

据《晏子春秋》卷六译写。

优孟衣冠

春秋时期，楚国令尹（最高官职，掌军政大权）孙叔敖知识渊博，为人正派。他在担任令尹期间兴办水利，发展农业，并为楚庄王大败晋军立下过汗马功劳。

后来，孙叔敖得了重病。他在临死之前嘱咐儿子说："我没留下什么家产，死了之后，你的日子一定十分艰苦。实在活不下去的时候，就去找优孟帮忙吧。"

果然，孙叔敖死了之后，他家门庭冷落。常言道，人走茶凉，孙叔敖活着的时候是令尹，人人都想巴结他，他一死就什么都没有了，谁还会来巴结他的儿子？到头来，他儿子生活潦倒，只好靠砍柴卖柴度日。

一天，他在半路上遇见了优孟，便红着脸对优孟说："我是孙叔敖的儿子。父亲临死的时候说过，在走投无路的时候，我可以找你相助。"

优孟一听，乐呵呵地说："这好办，这好办。你父亲是我的好朋友，这点忙总是要帮的嘛。"说罢，他拿出一点碎银子来，让他去买米。

从此以后，优孟隔三岔五地往孙叔敖家里跑，除了不时地接济一些零碎银子之外，还喜欢让他找出他父亲的旧衣服，然后自己打扮成孙叔敖的模样，跟他聊天。一边聊天，一边还要问他，自己扮得像不像。又向他打听，他父亲生前是怎么走路的，怎么说话的，怎么笑的，怎么发脾气的。总而言之，一举手一投足，优孟都要刻意模仿孙叔敖。孙叔敖的儿子弄不懂这是为了什么，不过想想优孟这个人演技高超、天下闻名，他想模仿谁，总会模仿得惟妙惟肖的，这是他的爱好。所以孙叔敖的儿子也就不多心了，总是在一边乐呵呵地指点优孟。

一年下来，优孟学孙叔敖已经学得很像了。这天，楚庄王在宫廷里大摆酒宴，优孟装扮成孙叔敖的模样，穿上孙叔敖生前穿过的衣服，上前去向楚庄王敬酒。

楚庄王猛一看，以为是孙叔敖又活了，大吃一惊，连忙拉着他的手说："咦！你不是早就死啦，怎么又活过来了？"

优孟脱掉孙叔敖的衣服和帽子，再让楚庄王仔细看自己究竟是谁。这一看，才弄明白，原来是优孟在捣鬼呢，不禁大笑起来。

要说优孟，不但装扮孙叔敖达到了可以乱真的地步，对天下大事也分析得头头是道，他的聪明才智确实也不在孙叔敖之下。

这样一来，楚庄王对优孟说："我看你也不要做宫中的优伶*了，就当我的令尹吧。"

优孟却忸忸怩怩地说："当令尹可是件大事，我一个人做不了主，还得回家问我老婆去。这样吧，三天之后，一定给大王一个答复，好不好？"

楚庄王见他这副嬉皮笑脸的模样，也忍不住笑了起来，一口答应，让他回家去商量。

三天之后，楚庄王上朝，优孟一本正经地来了。楚庄王问

> 优伶
> 旧时称戏曲歌舞的演员为优伶。

优孟衣冠

73

他:"你老婆怎么说的?"

优孟搔搔头皮,为难地说:"我老婆说,令尹又不是什么好差使,千万做不得。你看人家孙叔敖,给楚国当了那么多年令尹,一心为公,有口皆碑,楚庄王依靠他才得以称霸天下。可是他死后,他的儿子却穷得无立锥之地,每天上山砍柴,再挑到集市去卖,靠这样来维持生活。楚国的老百姓看见了,都在摇头叹气呢。你倒说说看,这样倒霉的差使有什么好干的?你要是一定要我学孙叔敖,我倒不如自杀算了!"

听了优孟这一番话,楚庄王沉默了好一阵子,再也笑不出来了。他当即站起身向优孟致谢,感谢他又一次提醒了自己。然后,楚庄王召孙叔敖的儿子进宫,赏给他商丘这个地方作为封地,世代不绝。

【故事来源】

据《史记·滑稽列传》译写。后人常用"优孟衣冠""优孟摹拟"比喻模拟仿学或登台演戏;亦用"优孟"比喻善于模仿的人或演员;用"勿为楚相"比喻不入仕途。

孙膑与庞涓

孙膑(bìn)和庞涓两个人，据说都是鬼谷子的学生。两人以师兄师弟相称，同窗十年，情谊很深，只是他们的脾气却大不一样：孙膑忠厚朴实，虽然有着一肚子学问，却从来不在别人面前炫耀自己；庞涓也很聪明，却总喜欢夸夸其谈，锋芒毕露，样样事情都要出人头地。

庞涓下山之后，来到魏国，很快得到了魏惠王的重用。魏惠王派他带兵去攻打卫国、宋国，庞涓略施小技，就大获全胜。从此以后，庞涓声名大振。

庞涓出名之后，日夜盘算，心想："如今天下，除了师父鬼谷子，只有师兄孙膑的本领在自己之上，将来自己打天下，一旦遇上了他，肯定不是他的对手。俗话说，无毒不丈夫，得想个办法把他除掉才是。"于是，庞涓假惺惺地写了一封情意恳切的书信，邀请孙膑也到魏国来。

孙膑不知是计，心想：师弟在魏国当了将军，要自己去帮忙，这是天经地义的事，就高高兴兴地来了。谁知道庞涓是个两面三刀、口蜜腹剑的小人，他一面笑嘻嘻地把孙膑接进将军府，一面却在设计陷害他。他假传魏惠王的命令，说什么当晚三更时分火星失位，要孙膑带领兵马，穿红衣，举红旗，到宫门外去击鼓，以压胜火星。等到孙膑真的这么做了，庞涓却又到魏惠王面前告发孙膑犯上作乱。

庞涓是魏国人，魏惠王自然很相信他。而孙膑是齐国人，魏惠王原本就对他存了三分戒心，现在又亲眼看见他带兵马在宫门外作乱，那还了得！当即下令把孙膑抓了起来，并且对庞涓说："孙膑是你的师兄，该怎么办，一切由你来处置吧。"

庞涓好不得意。他当即带了几个彪形大汉，赶到监狱里，假惺惺地对孙膑说："大王要杀你，小弟再三说情，才免你一死，不过按魏国法律，也得膑足刺面。"说罢，身边的大汉跑上前去，把孙膑的两块膝盖骨给挖了出来，又在孙膑的脸上刺了字，涂上墨。真是可怜啊，一个了不起的将才就这样一下子成了个残疾人。然而，孙膑对真实情况却一无所知，还以为师弟庞涓是个好人，真的是他在为自己求情，自己才免于一死。

后来，孙膑被庞涓接出监狱，住到一个秘密的地方。庞涓派了一个心腹陪他，表面上说是照料他的生活，其实却是在监视他。庞涓又去对孙膑说："听说你有一部兵书，连我也没见过，要是你回想出来，让我送给魏王，说不定魏王还会回心转意，好好重用你呢。"孙膑心想，事到如今，还有什么办法呢？他就一口答应了下来。

一天，孙膑正在屋里写兵书，忽然听得门外有人窃窃私语，仔细一听，原来是庞涓派来的人在问，孙膑的兵书有没有写好，要是写好了，庞大人就要送他上西天了。这一听，孙膑才恍然大悟："原来自己到魏国之后的所有遭遇，都是庞涓在精心谋算，目的就是要骗取这部兵书，再把我除掉。庞涓啊庞涓，我们同窗十年，情同手足，你竟会对我下此毒手！今天我算是把你看透了。"

这时候，孙膑的脑海里跳出一个念头来：装疯，对！只有装疯，才有可能躲过这场灾难，想办法逃出虎口。

想到这里，孙膑忽然两眼直瞪，在屋里大喊大叫起来，又爬到桌子边上，把原先写好的兵书竹简全都扔进炉火，把泥土墨汁弄得自己满头满脑，看起来人不像人，鬼不像鬼。庞涓赶来一看，直皱眉头，又怕他是装疯，就指使手下人去试探。谁知道那孙膑不吃雪白的馒头，偏偏抓过泥土就往嘴里塞，到处乱爬，晚上睡觉也不睡到床上，总是和猪狗滚在一起。见到的人都摇摇头说："真是个疯子。"

这样一来，庞涓才对孙膑真正放了心，心想："师兄是自己的克星，本领比自己高，如今成了个疯的废人，我还怕什么？天底下再也没有人跟自己争高低了。"于是，庞涓不再派人监视孙膑，让他一个人爬进爬出，疯疯癫癫地过日子。

几个月之后，机会来了。齐国派了个使者来拜访魏惠王。孙膑在街上得到消息，就在夜深人静的时候爬到使者的住所，把自己的遭遇一五一十地说了一遍。齐国的使者早就耳闻孙膑的大名，知道他是当年写《孙子兵法》大军师孙武的后代，又是鬼谷子的学生，身怀绝技，却遭此不幸，对他很是同情。他原以为孙膑真的疯了，现在才知道孙膑头脑十分清醒，只是为了逃出虎口，才不得不装疯的。明白了事情的真相之后，齐国使者当机立断，把孙膑装进自己那辆马车的车座夹层里，躲过了魏国边关的检查，把他带出了魏国。

孙膑来到齐国都城临淄，立即受到齐国君臣的欢迎。齐国大将军田忌更是把孙膑当作国宝，接到自己府中，请来医生精心治疗，很快孙膑就恢复了健康。

有一次，田忌和齐国的几位公子赛马，输掉了很多银子，心里很不高兴。孙膑知道情况后，说："这事好办，你明天再跟他们赛马，我帮你赢回来。"

第二天，孙膑跟着田忌去赛马。原来，他们订下的规矩是：各自把马分成上、中、下三等，依次比赛。田忌上等马跑得比公子的上等马慢，中等马也比公子的中等马慢，下等马又比公子的下等马慢，于是三比三输，好不狼狈。看到这种情况，孙膑就对田忌说："如果你用下等马去跟他们的上等马比，先输一局，接下来再用上等马去跟他们的中等马比，用中等马去跟他们的下等马比，不是就可以稳操胜券啦。"结果，比赛下来，田忌三局两胜，一下子赢回来一千两银子。

齐威王好生奇怪，心想："田忌以前赛马，从来没赢过，现在还是这几匹马，怎么就赢了呢？"他问田忌，田忌如实回答："不是我的马好，而是我的军师好。"接着他就把孙膑推荐给齐威王。齐威王和孙膑谈兵法，越谈越高兴，觉得孙膑确实是个了不起的将才，就下令拜他为大军师。

那一年，魏国攻打赵国，赵国请齐国出兵相助。齐威王本来就想攻打魏国，称霸中原，现在有了这个机会，自然不会放过。于是，齐威王任命田忌做主帅，孙膑为军师，去救援赵国，攻打魏国。

田忌准备指挥军队直达赵国都城邯郸，和魏军主力决一死战，以解救赵国的危急。孙膑却说："俗话说，要解开一团乱麻，是不能用蛮力乱扯的；同样，要劝开打架的人，是不能插身进去和他们拳打脚踢的。其实领兵打仗，也要讲究这个道理，即避实就虚，因势利导，如此才能以少胜多，以逸待劳。魏国攻打赵

凝聚多年心血，甄选、编撰优秀民间故事 ● 青年书画家精心手绘插画

中国民间故事

① （上古—秦汉）

顾希佳 编写

北京联合出版公司
Beijing United Publishing Co.,Ltd.

国,把最精锐的兵力都派到前线去了,留下一些老弱病残放在国内,哪里是实,哪里是虚,不是一清二楚吗?现在我们率军赶往邯郸,遇到的将是魏国的主力部队,这个仗不大好打。但如果我们直扑魏国的都城大梁,占据他的要道,攻击他防务空虚的地方,必然会引起魏国上下的一片恐慌,魏国主力部队必定会放弃攻打赵国,回师自救。到那时候,魏军疲于奔命,人心惶惶,我军以逸待劳,必可大获全胜。这样,我们既解救了赵国的危难,又打击了魏国的气焰,岂不是一举两得?"田忌听得口服心服,立即率兵直攻魏国都城。

庞涓这时已经攻下了赵国都城邯郸,正想继续进军,占领整个赵国,一听说齐军攻打大梁,连忙回师救援。在桂陵*这个地方,双方正面交锋,不出孙膑所料,齐军把魏军打得落花流水。

桂陵
古地名,在今河南长垣西南,一说在今山东菏泽东北。

庞涓逃回大梁之后,派人去打听,才知道齐军的军师就是他的师兄孙膑,他真的有点害怕起来。

又过了十三年,魏国的太子申和庞涓带兵攻打韩国,韩国危在旦夕,只好向齐国讨救兵。这时,齐宣王在位,他任命田忌为大将,田婴为副将,孙膑为军师,统率十万大军救韩。

这一次,田忌还是用老办法,不去救韩,而把军队插向大梁。庞涓得到消息,自然不敢怠慢,立即回师救援。

孙膑心中有底,对手是自己的师弟庞涓,这个人好胜心强,却往往思虑不够周密,所以决定投其所好。他在军内故意下了一道奇怪的命令,说是倘若遇到魏军,我们只许败不许胜,只许退不许进。齐军将领早已领教过军师孙膑的本领,没有谁敢不听。孙膑还用了一条退兵减灶的计谋,每退一阵,留下的灶炕总要减少一大批,越退灶炕越少。这样一来,庞涓果然以为齐军开小差的人越来越多，兵力正在急剧减弱。于是，他把大部队留在后面，自己带了一支精锐骑兵，日夜兼程，追赶齐军。

这一天，孙膑的军队来到马陵*。他一看，这地方崇山峻岭，中间只有一条狭窄的山路，正是伏击骑兵的好地方，就当机立断，在这儿设下了埋伏。他派人将山下的一棵大树剥去树皮，在树身上写下"庞涓死于此树之下"八个大字；然后，在附近的山坡密林中，安排了数百个弓箭手做埋伏。他吩咐说："到了黄昏之后，会有人点起火把来辨认树上的字迹。你们一见火光，就万箭齐发，不要手软。"

庞涓的骑兵果然跟进了马陵山道。突然，庞涓发现两边山上的伏兵，他想后退，退路却被齐军截断了，只得暗暗叫苦，硬着头皮沿着崎岖的小道往前闯。

不一会儿，他来到一棵大树下。沉沉暮色下，他隐约看见树皮刚刚被人剥掉，树上还有一行字。庞涓看不清楚，吩咐手下点燃火把，他凑近一看，不觉毛骨悚然，原来树上写的竟是"庞涓死于此树之下"。他刚要说出"上当了"，却已经来不及离开了，密林之中霎时间飞来雨点般的箭镞。他知道这又是师兄孙膑的计谋，不觉地长叹一声，说道："我还是斗不过他啊！"庞涓当即拔出剑来，自刎而死。

就此，孙膑和庞涓师兄弟之间的恩怨，才算有个了结。

马陵
今山东莘(shēn)县西南。

【故事来源】

据《史记·孙子吴起列传》译写。部分情节据元杂剧《孙膑悔下云梦山　庞涓夜走马陵道》补充。

墨子拒楚

战国时候，鲁国有个能工巧匠公输般，人们都叫他鲁班。鲁班心灵手巧，会制作各式各样灵巧的器械。那一年，他为楚国制造一种攻城的武器，叫云梯。将云梯架在高高的城墙上，士兵们就可以从地面爬上去。楚王非常高兴，一面下令大量制作云梯，一面准备发兵攻打宋国。

墨子做过宋国的大夫，后来又到过楚国、卫国、齐国，每到一处，就宣传自己的学说，收了不少学生。他听说楚国要用云梯去攻打宋国，连忙从齐国出发，急匆匆地赶到楚国去阻止这件事。

墨子跋山涉水，草鞋穿烂了好几双，双脚也磨出了不少水泡，走了足足十天十夜，终于赶到楚国的都城郢(yǐng)*。

公输般和墨子是同乡，见墨子来了，十分高兴地将他接了进去。

墨子开口就说："北方有人侮辱我，我想借先生之力把他杀掉。"

公输般不高兴了，说："我又不是刺客，怎么会做这种事情？"

墨子又说："我给你千金，作为报酬如何？"

公输般慷慨激昂地说："我奉行义，不杀人！"

墨子一听，连忙站起身，向公输般拜了两拜，说道："请听

*郢
今湖北省荆州市荆州区东北，纪南城东南。

我再说几句话。我在北方的时候，听说你造了云梯，要去攻打宋国。宋国有什么罪过，你一定要去打它呢？我觉得，楚国有的是土地，缺少的却是人民。现在你们要丢弃缺少的而去争夺多余的，实在不聪明。宋国没有过错，你们却要去攻打它，不能说是'仁'。你明明知道这道理，却不向楚王争辩，不能说是'忠'。争了没有成功，不能说是'强'。义者不杀一人，你却要去杀许多人，不能说是'知类*'。你说是不是这么回事？"

墨子的一番话说得公输般哑口无言。

他只好说："对对对，先生说得在理。"

"既然如此，那就别打了。"

"这可不成，"公输般摇了摇头，"我已经跟楚王说过了，楚王主意已定，是无法轻易改变的。"

墨子胸有成竹地把手一挥，说道："也罢，你就带我去见楚王吧。"

公输般只好带墨子去见楚王。

墨子见了楚王，从容不迫地说："现在有一个人，家里有漂亮的车子偏偏不要，却在动脑筋偷邻居的破车；不稀罕家里的绫罗绸缎，却想偷邻居的短毡袄；把家里的米和肉放在一边，却去偷邻居的糟糠。这是个什么样的人？"

楚王忍不住笑出声来，说道："这个人一定生了偷窃病。"

墨子却笑不起来，依然严肃地说："要知道楚国有五千里的疆域，宋国却只有五百里，这就好比是漂亮的车子和破车。楚国有云梦大泽，盛产犀、兕(sì)*、麋、鹿，长江和汉水里的鱼、鳖、鼋(yuán)*、鼍(tuó)*更是天下闻名，可是宋国却连雉、兔、鲫鱼都没有，这就好比是米肉和糟糠。楚国森林茂盛，长松、文梓、

知类
指懂得事物间类比的关系，可以依类推理。

兕
古代指雌性犀牛。上古瑞兽"兕"，最著名的是板角青牛（太上老君的坐骑）。

鼋
又名沙鳖、癞头鼋、鼋鱼等，是龟鳖科中的一属，为世界濒危保护动物和中国国家一级重点保护野生动物。

鼍
又名中华鳄、扬子鳄，中国特有的一种鳄鱼，为中国国家一级重点保护野生动物，被称为"活化石"。

楠木、豫章*都是数一数二的好木材，宋国却连一棵像样的大树都看不到，这就好比是绫罗绸缎和破毡袄。这么一比，事情就十分清楚，如果楚国去打宋国，和我刚才说的那个人不是犯了相同的毛病吗？"

楚王连连点头："很有道理，很有道理。不过，公输般已经为我造出了云梯，我总得去打一打了。"

墨子微微一笑，平静地说："有了云梯也不一定能稳操胜券，大王不是听说过'兵来将挡，水来土掩'这句话吗？"

说话听声，锣鼓听音。楚王知道墨子是个很有学问的人，大概掌握了破解云梯的诀窍，就要求墨子当场和公输般比试一番。

墨子解下自己腰里的皮带，在桌上一摆，当作城墙，又取来一把筷子，分成两份，一份给公输般，一份留给自己，就像下棋似的，当作双方的兵器。当着楚王的面，双方表演起交战的阵势来。

就这样，双方一进一退，一进一退，一共九个回合。公输般变换了九种攻城的办法，都被墨子想办法挡了回去。这时候，墨子手里还有许多防御的兵器，公输般却毫无办法了。

公输般走投无路，讪讪地说着："我知道怎样可以赢你，但是我不说。"

墨子也冷冷地说："我也知道你有什么办法可以赢我，我也不说。"

楚王听得莫名其妙，非要他们说出个所以然来不可。墨子这才摊了牌："公输般的意思很明白，他以为只要把我杀死，宋国就守不住了。其实他却不知道，我的学生禽滑釐(xī)等三百人，早已拿了我的这些守城器械，赶到了宋国，正在宋国的城墙上严阵

豫章
古木名，一说指樟木，也为传说中的树神，高千丈，围百尺。

以待，准备迎头痛击任何来犯的敌人。你们想想看，杀掉我一个墨子，又有什么用？"

"唉！"楚王对墨子佩服得五体投地，只得表态说，"既然如此，我也就不去攻打宋国了。"

墨子又风尘仆仆地赶回宋国。正好路上遇到下大雨，墨子想进一个里门*里去躲躲雨，谁知道守里门的人不认识墨子，还以为他是间谍，竟死活不让他进去躲雨呢。

里门
在战国时期，地方政府郡、县以下设乡和里，同里的人家聚居一处，设有里门。

【故事来源】

据《墨子·公输》《战国策·宋策》《神仙传》卷八译写。鲁迅《故事新编·非攻》曾将其写成小说，可见这个故事影响之大。

赵州桥

赵州（今河北赵县）城南的洨（xiáo）河上，有一座大石桥，这就是赫赫有名的赵州桥。传说，这座赵州桥是鲁班造的。

当年，鲁班和他的妹妹鲁姜两人周游天下，来到赵州，看见洨河边上人来人往，却只有两只小船在摆渡，好不可怜，就商量着要给当地百姓造桥。兄妹两人有心比一比高低，鲁班造城南的桥，鲁姜造城西的桥。

鲁姜造的桥玲珑秀气，桥栏杆上刻满了各式各样的花纹图案，好看极了。但是，鲁班造的桥气势磅礴，结实得不得了。鲁姜一看，自己要比输了，眼看哥哥还有两块石头没铺好，她就使了个坏，学起鸡叫来了。她这一叫，四周的鸡全都叫了起来。鲁班是个老实人，听见鸡叫，知道约定的时辰到了，就把这两块石头匆匆忙忙地往旁边一放，就算是完工了。

赵州一夜工夫有了两座石桥，四乡八里的百姓知道了，就都赶来看热闹。鲁班心里也十分高兴，觉得自己亲手造了很多桥，数来数去，还是数这座赵州桥最牢固、最气派。

上八洞*神仙张果老听到这个消息，也有心要来看看，试一试这桥究竟结实不结实。他倒骑着毛驴优哉游哉地到了赵州，一路上又邀请了天财星君柴王爷，让他推一辆独轮车，给自己做

上八洞
道家中神仙居住的洞天福地为八洞。有上八洞、下八洞之别。

伴。到了桥塪(tǔ)*，张果老一看鲁班对自己的杰作有点儿得意忘形，就有意要跟他作难，笑呵呵地问："这桥造得牢不牢？"

鲁班朝他仔细看看，一个小老头，一头瘦毛驴，再加一个庄稼汉，推辆独轮车，能有多少分量？不怕！他大大咧咧地说道："当然牢得很。来吧，包你稳如泰山。"

张果老朝他看看，唱着山歌上了桥。谁知道张果老和柴王爷一上桥，桥就发出隆隆的响声，摇摇晃晃地眼看就要坍下来了。这是怎么回事？原来张果老骑的驴的驴背褡裢里，一边装的是太阳，一边装的是月亮；柴王爷的独轮车里呢，装的是天下四大名山。这样一来，有多少分量，就不用说了。鲁班一见，大叫不好，连忙奔到桥底下，拼命用双手托住桥肚子，一张脸涨得血红。不一会儿，张果老和柴王爷两人过了桥，总算没有出大事情。从此以后，鲁班再也不敢夸口了。

不过，这一压也有好处，反倒把桥压结实了。如今你到桥上去看，还可以看到桥面上有张果老那头小毛驴留下的蹄子印痕和柴王爷推车轧出来的一道车沟。而桥肚下面，清清楚楚印着鲁班托桥时留下的两只手印。

桥塪
桥两头靠近平地的地方。

【故事来源】

据元朝无名氏《湖海新闻夷坚续志》后集卷二译写，并参考后世传说和歌谣补缀。其实，赵州安济桥是隋开皇大业年间工匠李春设计并修建的。民间传说中鲁班修建赵州桥，则是一种附会。人们把自己心目中的能工巧匠都集中到"鲁班"这么一个传说人物身上，是可以理解的。

神医扁鹊

战国时候,鄚(mào)*这个地方出了个神医,姓秦,名越人。因为他的医术特别高明,大家就用传说中上古名医扁鹊的名字称呼他,日子一久,却把他真实的姓名给忘记了。

扁鹊年轻时,曾经在一家客栈里做过掌柜。那时候,有个名叫长桑君的老人,常来客栈借宿。客栈里的人见长桑君衣衫褴褛,一副寒酸相,都看不起他。独有扁鹊一直对他十分尊敬,嘘寒问暖,照顾得很是周到。

一晃十多年过去了。有一天,长桑君忽然把扁鹊请到他的房中,关紧房门,十分认真地对他说:"这么多年来,我一直在观察,觉得你是一个靠得住的年轻人。如今我老了,我有一本祖传秘方,可以医治天下百病,就传给你吧,你可千万不能泄露这个秘密。"扁鹊向老人恭恭敬敬行了礼,表示一定记住老人的教诲。于是长桑君从怀里取出一粒药丸,对扁鹊说:"你用池里的水吞服这粒药,三十天之后,你的眼睛就什么都看得见了。"说罢,他又取出一本祖传秘方,交给扁鹊。

扁鹊按照老人的吩咐去做,三十天之后,他的眼睛果然变得明亮无比,可以隔着墙看见墙背后的人。这还不稀奇,他还能看得见病人身体里的五脏六腑,哪里出了毛病,他一看就全知道。

鄚
今河北省任丘县鄚州镇。

因此，扁鹊能对症下药，包医百病，简直神奇极了。

一次，扁鹊来到蔡国（今河南省上蔡县一带），见到了国君蔡桓（huán）公。在蔡桓公旁边站了一会儿，他对蔡桓公说："看来大王已经生病了。病在表皮的部位，目前并不严重。不过要是不马上医治，你的病恐怕会一天天严重起来。"

蔡桓公一挥手，不以为然地说："笑话！我有病，难道自己会不知道吗？"

扁鹊摇摇头，走了。等到扁鹊一走，蔡桓公就对侍候在两旁的大臣说："世上的医生都有这个毛病，喜欢给没有病的人治病。这样一来，他既可以出名，也可以得利，名利双收，何乐而不为呢。我是不会上当的。"

过了十天光景，扁鹊又来见蔡桓公，他瞄了一眼之后，就急乎乎地对蔡桓公说："大王的病已经生到肌肉里去了，情况不妙，要是再不医治，恐怕就会严重起来的。"

蔡桓公眉头一皱，越发不高兴了，心想："你这个医生也太过分了，我明明吃得下饭，睡得着觉，浑身上下，没有一处不自在的，怎么会生病呢？你要骗人，去骗别人吧，到我这里来骗人可不行。"蔡桓公一拍桌子，就把扁鹊轰走了。

又过了十天光景，扁鹊来见蔡桓公，一见面就说："哟！大王的病已经到肠胃里了，再不治，会越来越深的啊！"

蔡桓公听了，对他理也不理，铁青着脸朝后宫走去。

一次又一次地碰钉子，扁鹊并不介意。过了十多天，他还是要去见蔡桓公。谁知道他这一次一见蔡桓公，一言不发，转身就朝宫外走去。

蔡桓公觉得奇怪，上几次不让他说，他偏要唠唠叨叨说个不停。今天想听他怎么说，他偏偏不说了，真是个怪人。他特地派人追出去，问扁鹊："你为什么一言不发，转身就走呢？"

扁鹊皱着眉头说："病生在表皮部位的时候，只要服点汤药，再用热水敷一敷，就会好了；生在肌肉里面，可以用针灸来治；生在肠胃里面，虽然挺麻烦，不过也可以用汤药的，只要得法，照样能够药到病除。但是，毛病一旦深入到了骨髓里面，那就要命了，不管什么名医，也不管什么灵丹妙药，恐怕都不管用啦。现在大王的病已经深到骨髓里了，要治也来不及了。所以我一句话也不说，不再请求给大王治病。"

果然，只过了五天，蔡桓公感到浑身疼痛，这才知道自己真的生了毛病。他十分后悔，马上派人去寻找扁鹊。可是，派出去的人找遍全国也不见扁鹊的影子，后来才弄清楚，扁鹊早已到秦国去了。

没有两天工夫，蔡桓公就无可奈何地死去了。

还有一个关于扁鹊的故事，说得更加神奇。

鲁国的公扈(hù)和赵国的齐婴两个人都生了病，一块儿去找扁鹊治病。扁鹊给他们分别进行治疗，不久，两人都痊愈了。

但扁鹊对他们两人说："你们以前所生的病，是从外面影响到内脏里的。这种病不难治，吃点药，再针灸一下，也就解决问题了。但是我发现，你们两人都患了一种与生俱来的病，这种病一生下来就有，随着年龄增长，它也在一天天蔓延滋长。我想替你们彻底治疗一下，你们愿意吗？"

两个人奇怪起来，异口同声地说："我到底生了什么病？能不能说说清楚？"

扁鹊说："公扈，心很要强，可惜气很弱，所以你总是想得很多很多，却不能决断。齐婴呢，心很脆弱而气很盛，所以往往考虑得不周全，动不动就贸然做出决断。如果你们两人能换一换心，各得其所，也就可以取长补短，双方都达到比较完善的境界。这是对你们两个人都有好处的事，你们愿意吗？"

要换心！这可是从来也没听说过的事。不过他们早就听说了扁鹊的神奇本领，所以想了想之后，还是答应了下来。

于是，扁鹊让两人都喝了一杯毒酒，他们足足昏迷了三天，一点知觉也没有。扁鹊把他们两人的胸膛剖开，取出心来，相互交换了位置，然后再把胸膛缝合起来，涂上一种神奇的药膏。三天之后，他们又都醒了过来。两人辞别扁鹊回家。公扈走着走着，竟走进了齐婴的家，齐婴的妻子儿女不认识他，把他赶了出来。齐婴走着走着，竟走进了公扈的家，公扈的家人当然也不认识他，同样把他赶了出来。

两家人发生了争吵，要扁鹊来帮助解决。扁鹊把前因后果这么一说，这场纠纷才平息下去了。

从此，神医扁鹊的名声传遍五湖四海。

【故事来源】

据《史记·扁鹊列传》《韩非子·喻老》《列子·汤问》综合译写。

曳尾涂中

战国时候，宋国蒙（今河南商丘县东北）这个地方出了个闻名遐迩的文人，名叫庄周，大家都尊称他为庄子。

庄子家境十分贫穷，甚至出现过因为揭不开锅而向别人家借粟(sù)*的情况。

有一天，庄子正在濮(pú)水边上钓鱼。楚威王派了两名大夫，带着厚礼专程去拜访他。一见面，两人便恭恭敬敬地对他说："我们大王久闻先生大名，愿以国家重任委托先生，请先生出山。"

庄子手持鱼竿，专心致志地看着水面，说道："我听人家说，你们楚国有一只神龟，死去已经足足三千年了，你们大王知道这只龟有神异，所以恭恭敬敬地把龟壳剥下来，将它盛在竹笥(sì)*之中，上面再覆一块洁白的丝巾，然后供奉在楚国的庙堂之上，想用它来占卜国事。现在我倒要来问问你们。这神龟它自己的意愿究竟又是什么呢？它是愿意死后留下骨壳，在庙堂上受到人们的朝拜，名扬四方呢？还是愿意留下一条性命，可以摇曳着尾巴在泥浆水里爬来爬去呢？"

那两个大夫回答说："那当然是宁可留下一条性命，摇曳着尾巴在泥浆水里爬来爬去的了。"

庄子微微一笑，断然对他们说："这就对了。你们回去禀告楚

粟
泛指谷类，去壳后叫小米。

竹笥
专门盛装饭食的竹容器。

王，就说庄周宁愿摇曳着尾巴在泥浆水里爬来爬去。"

还有一次，庄子到梁国去见他的朋友惠施。惠施也是个博学多才的读书人，当时正在梁惠王手下当相国。

身边的人对惠施说："这事情看来有些麻烦。俗话说，善者不来，来者不善。庄周这次到梁国来，一定是想要跟你争夺相位，来取代你的。"

惠子越想越害怕，觉得自己的声名和才能都没法跟庄子相比，如果庄周真的要跟自己争夺相位，那实在是太危险了。于是，他派出许多兵士，在梁国境内搜寻庄子，举国上下，鸡犬不宁，足足折腾了三天三夜。

庄子知道了这件事，觉得实在可笑，就径自来到惠施的府上，对惠施说："南方有一种鸟，它的名字叫鹓(yuān)鹐*，是鸾凤的一种，你听说过吗？一只鹓鹐从南海出发，一直向北海飞去。一路之上，不是梧桐，它是不会去栖止的；不是竹食，它是不会去吃的；不是甘甜的醴(lǐ)泉，它是不会去喝的。有一只鸱(chī)鸟*，它抓到一只发臭的死老鼠，正想饱餐一顿，却看见高空中鹓鹐飞过，害怕它来抢食，就愤怒地高声吼叫，要赶走鹓鹐。今天，你是不是也因为生怕我抢夺你据有的梁国的高官厚禄，而要赶走我？！"经庄子这么一说，惠施满脸通红，好久说不出话来。

【故事来源】

据《庄子·外篇·秋水》译写，后人多用"曳尾涂中""摇尾涂中""龟曳尾""曳尾"等典故比喻自由自在的隐逸生活。

瓜地纠纷

战国的时候，魏国有个名叫宋就的人，在魏国与楚国交界的一个边境县当县令。

边境上有两个村庄，一个村庄属魏国，一个村庄属楚国，田地连着田地，人来人往的，畅通自如。两个村庄都以种瓜卖瓜为业。

却说魏国这个村庄里的农民十分勤劳，经常挑水去浇灌他们种的瓜，施肥除草，时刻小心，所以他们的瓜长势良好，种出来的瓜水分多，味道甜，人人夸赞。而楚国村庄里的农民比较懒惰，天气干旱，他们也懒得去浇水，更不要说施肥除草了，所以他们种出来的瓜个儿小，味道也不怎么好。

楚国的县令吃过魏国村庄里种出的瓜，又尝了尝楚国村庄的瓜，"不怕不识货，就怕货比货"，一比，就比出好坏来了。楚国的县令越想越气，就跑到村庄里把村民们狠狠训斥了一顿。

楚国村庄里的人受了训斥，有气没处出，不仅没有反省自己的懒惰，反而埋怨起魏国人来了，心想："都是你们不好！你们要是和我们一样，今天我们就不会挨骂了。"这么一想，就有一帮愣头愣脑的小伙子，结伙在半夜偷偷跑到魏国的瓜地里，把魏国人种的瓜翻了个遍，乱踩乱踏，一阵折腾。这样，魏国村庄的瓜

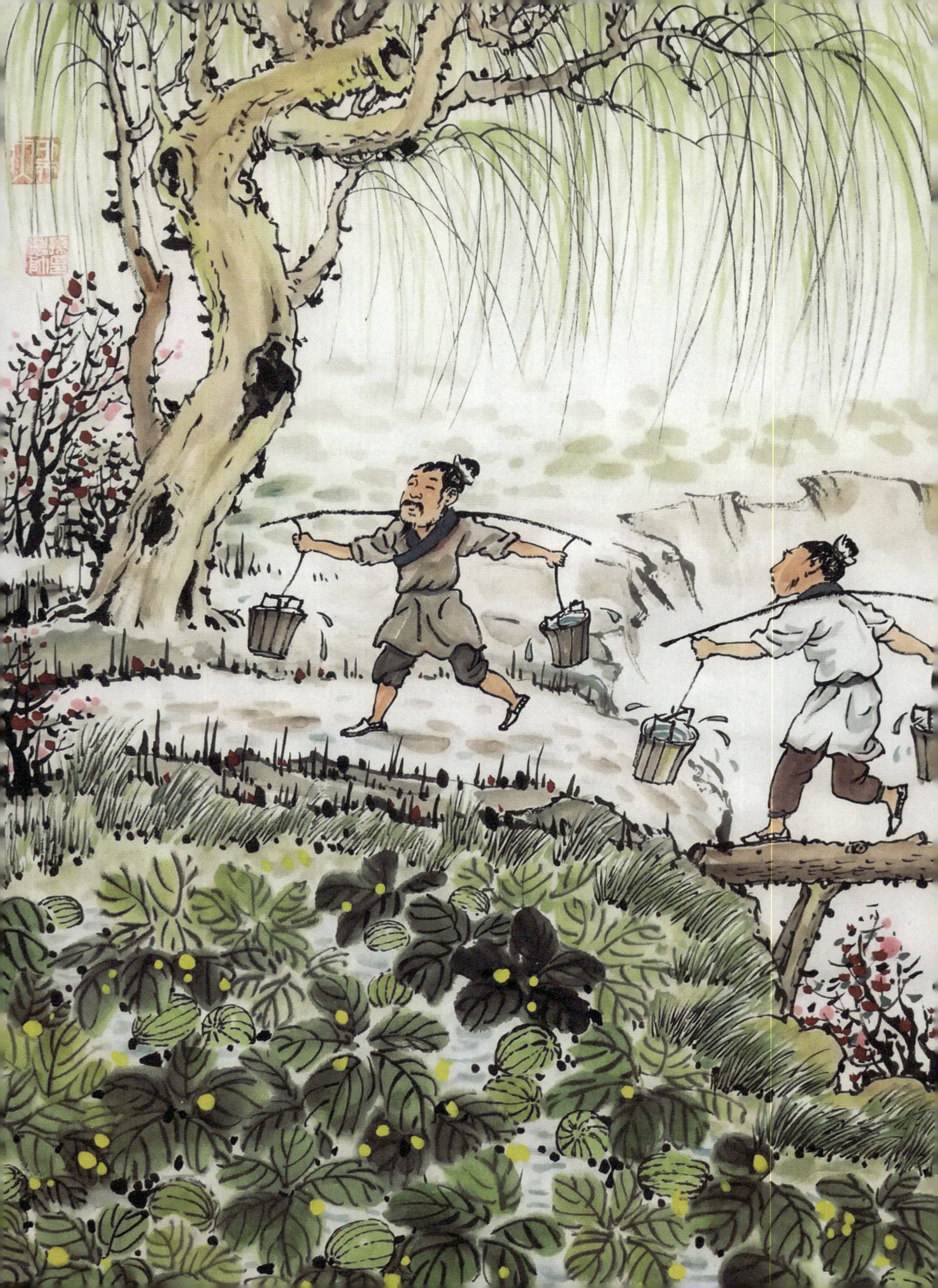

全遭了殃。

第二天，魏国人发觉了。仔细一查，瓜地里留下的脚印全是通到楚国村庄去的，这不是秃子头顶上的虱子——明摆着的吗？不用说，肯定是楚国人捣的鬼。大伙儿一个个义愤填膺，摩拳擦掌，也要去捣毁楚国人的瓜地。但是出发之前，他们先去报告县尉。县尉不敢做主，又来请示县令宋就。

宋就听了，连连摇头，说道："不行不行，怎么可以做这种事呢？人家做了错事，你们为什么还要跟着错下去？冤家宜解不宜结，要是谁也不肯让步，火上加油，岂不要惹出大祸来！还是让我来给你们出个主意吧。你们每天夜里要派出些人，偷偷地去帮助楚国人浇瓜，千万别让他们发觉。你们坚持这样做，一定会有好处的。"

魏国村庄里的人听了这番话，觉得确实有道理，就每天夜里派出一些人去浇灌楚国瓜地里的瓜。

楚国人去察看瓜地，总是发觉瓜地里已经浇过水了，究竟是谁浇的水，谁也不知道。渐渐地，楚国瓜地里的瓜越长越好，瓜的味道也变得甜美起来。

楚国县令知道了这件事，觉得有些奇怪，就派人去暗中查访，终于查清楚了，原来是魏国人在夜里帮他们浇瓜。于是，楚国县令就把这件事的经过一五一十地向楚王做了报告。

楚王知道了，心里十分惭愧，总觉得楚国在这件事上丢了面子，自己也是有责任的，就对手下的官吏说："去查一查，那些到魏国瓜地里捣乱的人还有没有别的什么罪行？有的话，就一并治罪。要知道魏国人的做法其实也是在暗地里责备我们，我们可不能无动于衷。"于是，楚王派出使者，带了一份很丰厚的礼物去拜见魏王,向魏国表示深深的歉意。此后,楚王还时常教育国民,魏国人这样讲仁义道德,我们千万不能轻易去侵犯人家。

所以人们都说,魏国和楚国的友好邦交,是从宋就那时候开始的。

【故事来源】

据汉朝刘向《新序·杂事第四》译写。成语"以德报怨"就是从这个典故来的。

苏秦发愤

战国时候,洛阳这个地方有个读书人,名叫苏秦。据说他是鬼谷子的学生,知识渊博。一次,他到秦国那里去游说,劝秦王采纳他提出的"连横"计谋,兼并天下。秦王却觉得时机还没有成熟,不肯采纳苏秦的计谋。苏秦费尽了口舌,接连给秦王上了十道奏本,反复说明自己的主张,结果却还是瞎子点灯——白费蜡。

苏秦在秦国的都城咸阳待了很长一段时间。身上穿的貂皮衣服都磨破了,带去的盘缠也花光了,处境十分窘迫,最后只好离开咸阳,回到了家乡。

苏秦回家的时候,腿上缠着裹腿,脚上穿着草鞋,背上背着一个大口袋,里面装满了他时时离不开的书。就这样一路风尘仆仆到了家,脸色晒得黝黑,人也精瘦精瘦的。一看他这副穷困潦倒的模样,家里人全都明白了。正在织布机上织布的妻子,一咬牙,连织布机也不肯下,还是自顾自地织着布。苏秦的嫂子不给他做饭吃。苏秦的父母亲也朝他翻白眼,不跟他说话。

苏秦是个聪明人,一看到家人对他的反应,就什么都明白了。他仰天长叹,对自己说:"妻子不把我当丈夫,嫂子不把我当小叔,父母不把我当儿子,这一切都不能怪他们,说来说去,都怪我苏秦没有出息。"

他连夜找出自己家中所有的藏书，一下子摆出了几十箱，一本一本地翻过去，终于找到了一本周朝姜太公写的兵书《阴符》。他如获至宝，打开书来，开始埋头攻读。他一遍一遍地背诵书中重要的段落，反复揣摩，仔细领会书中的思想精髓。

苏秦读书，常常通宵达旦，有时候实在疲倦得受不了，困得两只眼睛都不由自主地闭上了。可是，苏秦一想到自己立下的誓言，就拿起一把尖尖的锥子，狠狠心，朝自己的大腿刺下去。顿时，鲜血汩汩流出，一直淌到脚板上，他连眉头也不皱一下。反倒是，凭着这个刺激，他硬是把瞌睡给赶跑了。苏秦心想："我就是不相信，哪有说服不了国君的道理？我非要说服国君采纳我的主张，任命我做他的大臣不可！"

经过一年的发愤读书，苏秦终于真正领会了书中的奥秘，说起当时的国家形势来，他分析得头头是道，见解十分精辟。苏秦充满自信地说："可以了。现在我一定能够说服当今的国君，让他采纳我的计谋。"

他来到赵国，登上赵国的宫殿"燕乌集阙"，拜见赵国国君赵肃侯，向他陈述自己的政治主张。这一次，他和赵王谈得十分投机。赵王十分赏识苏秦的政治主张，觉得句句是金玉良言，当即封他为武安君，把相国的大印授给了他，让他掌管国家大事。为了表示重用，赵王还赠给苏秦一百辆兵车、一千匹绸缎、一百双纯白的玉璧、一万镒(yi)*黄金。从此以后，苏秦开始游说六国，动员六国联合起来，一致对付强大的秦国，这就是"合纵"计谋。由于苏秦的活动，那时候燕、赵、韩、魏、齐、楚六国都先后断绝了与秦国的往来。

在六国的领土上，那么多国君，那么多大臣，那么多百姓，

镒　二十四两为一镒。

都采用了苏秦的计谋。他不费一兵一卒，没有折断一张弓、一支箭，就使诸侯们联合起来。这就是"贤人在而天下服"。据说，苏秦派出去与各国联络的车骑络绎不绝，来回穿梭。他自己更是十分忙碌，常常踌躇满志地站在马车前面，带着庞大的车队，威风凛凛地周游六国，凭着三寸不烂之舌，与各种反对声音辩论，说服各国国君。那时候，赵国的威望也由于苏秦而大大地提高了。

有一年，苏秦要到楚国去游说，他的车队路过家乡洛阳。父母听说儿子要路过这里，哪里还敢怠慢，提前好几天就打扫房屋，整治道路，请来鼓乐，准备好酒宴，一直到离家三十里外的大路上迎接。

苏秦的车马到了。苏秦的妻子恭恭敬敬上前迎接，不敢正眼看他，只能偷偷地察颜观色；苏秦讲话时，她侧耳倾听，生怕有什么地方得罪了这位做大官的丈夫。苏秦的嫂子更加忐忑不安，生怕这位做大官的小叔要翻当年的老账，给她难堪，索性跪在地上接连拜了四次，表示认错。

苏秦觉得有些奇怪，忍不住问道："嫂子，你为什么当年对我那么傲慢，而今天又对我如此卑下呢？"

他嫂子想也没想，就脱口而出："这是因为小叔现在官做大了，又有钱了。"

苏秦一听，不觉百感交集，长叹一声，说道："世态炎凉，真是可怕！贫穷的时候，父母可以不把我当儿子看；富贵以后，连亲戚朋友都对我敬畏起来。这到底是怎么一回事啊！"

【故事来源】

　　据《战国策·秦策一》，同时参考《史记·苏秦列传》译写。据考证，历史上的苏秦其人，是奉燕昭王之命，入齐国从事间谍活动的谋士，他使齐国疲于对外战争，以便燕国攻齐复仇。他一度成功地实施合纵攻秦，后来却因间谍活动暴露，被车裂致死。后代民间传说着重叙述苏秦发迹前后的遭遇，以讽谏世态炎凉。而苏秦刺股发愤读书的故事，则成为典故，又多与汉代孙敬读书悬梁的故事合说，称为"悬梁刺股"。这个成语用来形容勤学苦读、刻苦自励的精神。

文挚之死

战国时候，齐湣(mǐn)王生了一种稀奇古怪的病，请了许多大夫，都说没办法治疗。后来听说宋国有个名医叫文挚，有起死回生的本领，齐湣王就立即派人到宋国去请他。

文挚到了齐国都城临淄，一诊视齐湣王的病，心里就有数了。他低着头想了好一会儿，才神色庄重地对王太子说："大王的病，我完全有办法让他痊愈。不过有一件事不得不说清楚，大王的病一好，他非要杀死我文挚不可！"

王太子弄不懂了，问道："为什么？"

文挚说："我治大王的病，非得把大王激怒不可，否则是治不好的。我激怒了大王，我的死期不也就到了吗？"

话说得十分明白。言下之意就是，要治好大王的病，就得以大夫的死作为代价。反过来说，如果大夫要保住自己的性命，那么大王也就活不成了。

这可怎么办呢？王太子完全明白其中的利害关系，不得不跪在地上连连磕头，再三请求文挚要竭尽全力来医治大王的病，他说："只要能治好父王的病，到那时候，我和我的母亲都会冒死劝谏父王，求他宽恕你。父王看在我和我母亲的面子上，一定会改变主意的。请你务必放心。"

文挚长叹一声，说："那好吧，就以我的死来换回大王的性命吧！"

于是，文挚请王太子告诉他有关齐湣王过去犯过的三件错事。

第二天，文挚来到齐湣王的寝宫。他的态度十分傲慢，连鞋子也没脱，就肆无忌惮地踩到齐湣王的床上，还把鞋子重重地踩在齐湣王的衣服上，把湣王的衣服都弄脏了。这还不算，文挚一开口就十分放肆，好像在训斥自己的晚辈似的，粗声粗气地问道："喂，什么地方不舒服？"

齐湣王看见这些，简直气死了。哪里有这样的大夫，竟然敢到老虎头上打苍蝇，真是莫名其妙！他把眼一闭，理也不理他。

文挚见他不开口，冷冷一笑，故意阴森森地说："自己的病已经重到这种地步了，还摆什么架子？你不说，我来说。"于是，他一口气把齐湣王过去做过的三件错事都抖搂了出来，一边说，一边训斥，口气十分严厉。

齐湣王气得都要昏过去，他朝边上的人看看，只见他们都恭恭敬敬地立在一边听文挚数落，谁也不出来阻止，连自己的儿子也闷声不响。真是不知道他们在干什么？齐湣王实在忍耐不住，终于拍着床沿大发起脾气来。

谁知道这脾气一发，齐湣王竟吐出了一口血，然后觉得浑身轻松，肚子也开始饿了起来。他连连说："要吃饭，要吃饭。"

齐湣王的病是好了，可是他这口气还是平不了，当即下令在宫殿上架起鼎镬（huò）*，要把文挚活活煮死。

王太子和王后吓坏了，连忙跪下来为文挚求情，再三说明，这全是为了给大王治病，才不得已这么做的，而且都是事先商量好的，是王太子再三求人家，人家才答应这么做的。如今大王的

镬
古代煮牲肉的大型烹饪铜器之一。

病好了，说明这位医生果然高明，我们谢还来不及呢，怎么可以恩将仇报，反而要杀他呢？

可是，齐湣王充耳不闻。在他眼里，国王的尊严比什么都重要，今天这个怪大夫居然敢在大庭广众之下说自己的短处，训斥自己，这不是反了吗？不行，非杀不可！否则的话，我这个国君还能做下去吗？

于是，宫殿上架起了一只大鼎镬，底下燃起了熊熊烈火，水烧得滚沸。文挚就这样被活活扔进了鼎镬。

说来也怪，煮了三天三夜，文挚还是没死，脸上的颜色跟刚入锅的时候一模一样。最后，文挚开了口，对齐湣王说："我也不想活了，就再教你一次吧。你要杀我，为什么不把镬盖盖上呢？要知道一盖上镬盖，就隔绝了阴气和阳气。你连这点也不懂，还逞什么能？！"齐湣王被他说得满脸通红，急忙吩咐武士把镬盖盖上。

文挚终于闭上了双眼。

【故事来源】

据先秦吕不韦及门客撰写的《吕氏春秋·仲冬纪·至忠》译写。这个传说流传到后来，人们把它转移到了名医华佗身上。只是华佗治好了一个郡守的病，但并没有被害死。

冯谖弹铗

战国时候，齐国有个读书人，名叫冯谖(xuān)，他家里穷得叮当响，实在生活不下去了。听说孟尝君有钱又有势，家里一年四季养着几千名食客，只要是人才，总是肯收留的，他就想去碰碰运气。

孟尝君当面问冯谖："这位客人有什么爱好？"

冯谖摇摇头："没什么爱好。"

"那么，有什么才能呢？"

冯谖又摇摇头："没什么才能。"

孟尝君笑了笑，心想门下反正已经养了几千名食客，多他一个也无所谓，便随便说了句："好吧，就住下吧。"

边上的人察言观色，以为孟尝君一定不喜欢冯谖，所以也跟着有些瞧不起他，对他十分怠慢，让他住简陋的房子，吃粗劣的饭菜。

就这样住了一段日子。有一天，冯谖想想有些不舒服，独自一人靠在柱子上，一边弹着自己的剑，一边唱道："长铗(jiá)*啊，我们还是回去吧，在这儿吃饭没有鱼！"

边上的人朝他看看，暗暗觉得好笑，心想这个人真有趣，哪里见过这么不要脸的人！于是，把这事一五一十地报告给了孟尝君。

铗
在这里指剑。

孟尝君却不当一回事，大大咧咧地说："就给他吃鱼吧。以后把他当作吃鱼的门客一样招待吧。"

就这样又住了一段日子。冯谖还是不满足，又独自一人靠在柱子上，一边弹剑，一边唱道："长铗啊，我们还是回去吧，在这儿出门没有车。"

边上的人越发讨厌他了，还以为他患精神病呢，又去报告孟尝君。

却说，当时孟尝君招待门客，一向有规矩，按门客才能的大小，分成上中下三等：下等的门客吃粗劣的饭菜，中等的门客吃饭时有鱼，而上等的门客出门有车子乘坐。孟尝君听手下的人这么一说，觉得冯谖这个人是有点特别，不过这也没啥大不了的，就又一口答应了。他对手下的人说："这也好办，就给他准备车马吧。从今以后，把他当作可以乘车的门客来招待。"

冯谖高高兴兴地坐着车子，举着剑，去拜访他的一个好朋友，眉飞色舞地对他说："哈哈，孟尝君把我当作门客啦！"

谁知道过了一段日子之后，冯谖又不满足起来，再一次弹起他的剑，高声唱道："长铗啊，我们还是回去吧，我没有钱可以养家！"

边上的人都对冯谖有了厌恶感，认为这个人贪得无厌，实在不像话。

孟尝君知道了这件事，就特地把冯谖叫来，当面问他："冯先生，你家里还有亲人吗？"

冯谖点点头，回答说："我家里还有一个老母亲。"

孟尝君觉得这件事也容易，就派人给冯谖的老母亲送去吃的和用的，务必使她什么也不缺。冯谖知道了，以后再也不唱歌了。

后来，孟尝君要去收债。他拿出账簿，问他门下的这些食客："你们中间，有谁懂财务方面的事，能替我到薛地去收债？"

孟尝君是齐国贵族田婴的儿子，他承袭了父亲的封爵，在薛地（今山东滕州东南一带）有很大的一块封地，每年都可以得到很大一笔钱财。冯谖知道了这事，就自告奋勇，签上了自己的名字。

孟尝君看了，觉得奇怪，他手下的门客几千人，哪里记得住那么多的姓名，就问边上的人："咦，这个冯谖是谁？"

边上的人都笑了起来，对他说："他就是唱'长铗啊，我们还是回去吧'的那位老兄。"

经这么一说，孟尝君也想起来了，笑着说："噢，看来这位客人果然是个有才能的人，是我对不起他。我一直没有好好接见过他呢。"于是，孟尝君派人去请冯谖。

冯谖来了。孟尝君真心诚意地向他表示歉意，说道："我近来忙于国家的事，忧心忡忡，心烦意乱，生性又懦弱而迟钝，因此怠慢了先生。承蒙先生宽宏大量，不以为怪。听说你愿意替我到薛地去收债，是这样吗？"

冯谖说："是的，我愿意去跑一趟。"

于是，孟尝君立即吩咐手下的人，为冯谖准备车马，整理行装。出发之前，冯谖带上了收债的券契，来向孟尝君告别。

冯谖问："把债收齐之后，你需要我买些什么东西带回来吗？"

孟尝君家里有的是钱，对这些事一向不在乎，就把手一挥，大大咧咧地对冯谖说："你看着办吧，看我家缺少什么，就买什么带回来，好不好？"

经过一路奔波，冯谖到了薛地。他吩咐当地的官吏，把应该

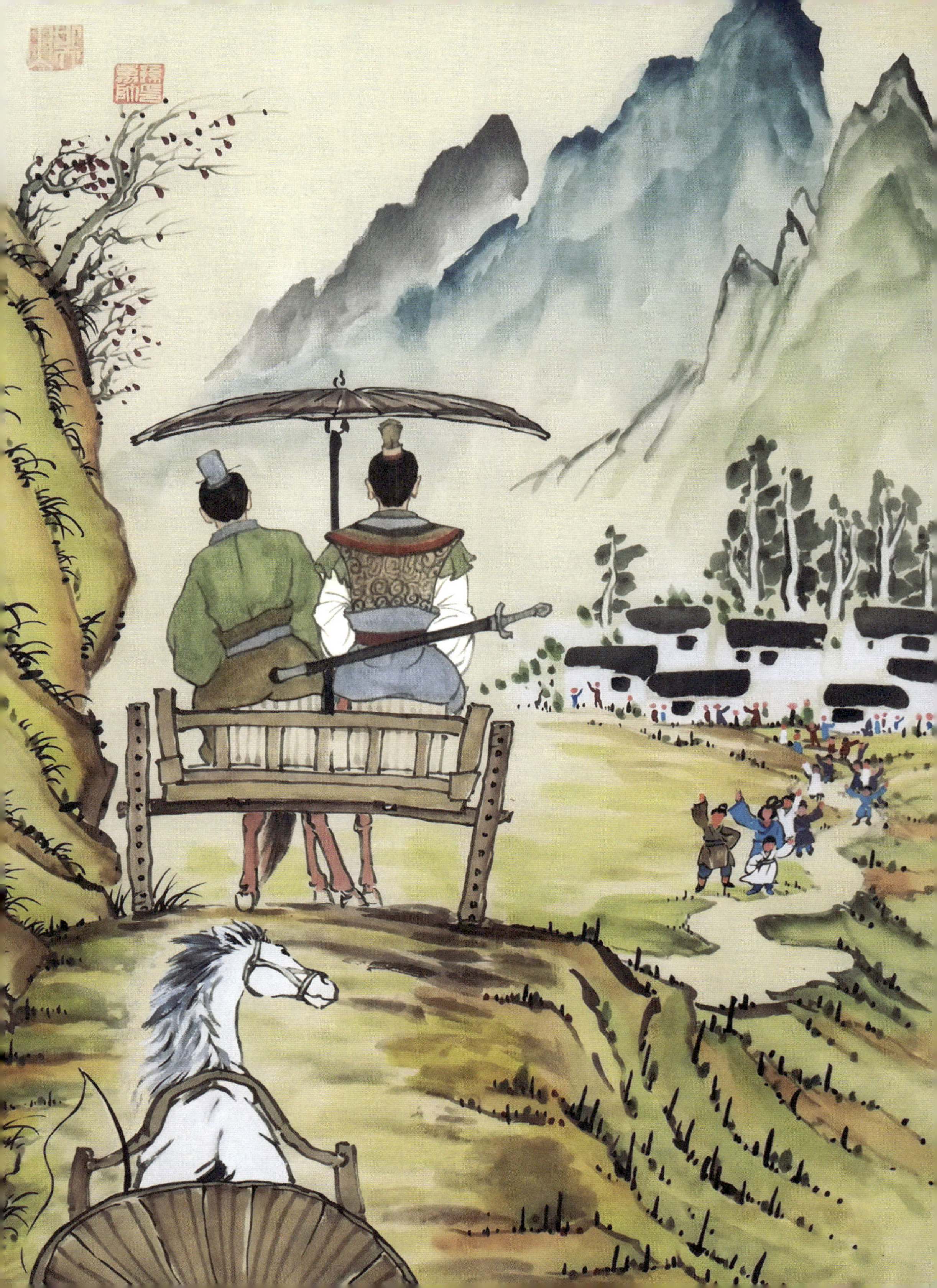

还债的人全都叫来合券*。还债的人听说孟尝君派人来收债，谁敢怠慢，全都小心翼翼地准备好钱，带上自己留着的另一半券，来见冯谖。

冯谖将这些券一一验证，核查无误后，就假托孟尝君的命令，说："孟尝君知道老百姓的日子过得艰难，愿意把这些券全都送给大家，不要大家还债了。"说罢，他当场点起一把火，把所有的债券全都烧光了。这样一来，欠债的人个个喜出望外，热泪盈眶，称赞孟尝君仁慈大方。

办完事之后，冯谖马不停蹄地赶回去，第二天一大早就来求见孟尝君。

孟尝君十分好奇，心想："冯谖怎么有这样大的本事，没几天工夫就把债全都收齐了呢？"他连忙穿好衣服，戴好帽子，出去见冯谖。一见面，孟尝君就迫不及待地问："债全都收齐了？你怎么回来得这么快？"

冯谖轻松地回答说："嗯，全都收齐了。"

"那么你买了些什么东西带回来呢？"

冯谖不慌不忙地对孟尝君说："临走的时候，你曾经对我说过，'看我家缺少什么，就买什么带回来'，我想来想去，你家究竟缺什么呢？你的府上，珍珠财宝堆积如山，狗马满厩，美女如云，什么都不缺。要说缺的，倒是一个'义'字。所以这一次，我就替你买了'义'，为你带回来了。"

孟尝君感到有些莫名其妙，皱起了眉头，问道："'义'怎么可以买呢？再说，'义'又有什么用处呢？"

冯谖说："你听我说。你在薛地有那么一块小小的封地，却不把封地的百姓当成自己的子女那样去爱护，反而赚他们的钱，这

合券

古时候的券是一种契约，债务双方各持一半，合起来对得上，就认账，否则就不认账，这叫作合券。

怎么是'义'呢？这次我到薛地，假托你的命令，把百姓欠的债全都赏赐给他们，把券全给烧了。百姓们感激万分，当场欢呼孟尝君万岁。你想想看，这不正是我替你买的'义'吗？"

孟尝君很不高兴，但想想木已成舟，再多责备也无济于事，就把手一挥，说道："知道了，先生去休息吧。"

一年以后，由于小人挑拨离间，齐王把孟尝君的官职给罢免了。

孟尝君心里不舒服，却不敢有半点流露，只好默默地离开了国都，回自己的封地薛地去了。

离薛地还有一百里地，孟尝君一行就远远地看到那里的老百姓扶老携幼，夹道欢迎他的归来。到了这个时候，孟尝君才真正明白了冯谖的一番苦心，激动地对冯谖说："先生为我买的'义'，我今日终于见到了！"

【故事来源】

据《战国策·齐策四》译写。后人多用"冯谖弹铗"这个典故比喻有才华的人暂处困境，有求于人；或比喻怀才不遇，心中不平。"冯谖烧券"这个典故用来比喻雄才大略、所见甚远，或比喻收买民心、博取民望。

相思树

战国时期，宋康王手下有个官员，名叫韩朋。他的妻子贞夫，长得十分漂亮，人品也好。结婚才三天，韩朋就要到很远的宋国去做官，夫妻俩难舍难分，依依惜别。

一晃三年过去了。韩朋的母亲想儿子，只是把想念放在了心里。贞夫想丈夫，就提笔给丈夫写了一封长长的书信。

书信写成了，怎么投寄呢？请旁人代寄吧，生怕人家议论纷纷；让鸟儿捎去吧，又怕鸟儿远走高飞；让风吹去吧，这风在空中吹来吹去，实在不放心。贞夫只得跪下来向上天祷告："上天有灵，让我的书信快快飞到丈夫身边去吧！"

突然，一阵狂风吹来，那书信慢悠悠地飞上了天，一飞两飞，飞到了韩朋面前。韩朋拆开一看，原来是妻子写来的一首诗，诗文缠绵悱恻，十分感人。

韩朋读完后，百感交集，万般惆怅，三天没有吃下一口饭。他多么想回去看望母亲和妻子啊！可是他秉性忠厚，怎么也想不出告假的理由。那天，他恍恍惚惚地上朝，一不小心，那封书信从怀里跌落下来，被人拾起来交给了宋康王。

康王读了这信，不觉地心就晃荡起来。他想："这女人字写得多么秀气，诗作得多么高雅，感情又如此缱绻，一定长得很美，让她来侍奉我，该有多好！"于是他召集群臣商议，说道："谁能为我取得韩朋之妻，赐金千斤，封邑万户！"

有个叫梁伯的官员站出来，说："我有办法。"

于是，梁伯带着三千多个侍从马不停蹄，日夜兼程，赶到韩朋家中。

梁伯跳下车，"嘭嘭嘭"地敲门，韩母颤巍巍地出来开门。梁伯堆起笑脸挤进门，甜言蜜语地说道："嘿嘿，我是宋国派来的使者，和你儿子韩朋同朝为官，是莫逆之交。韩朋托我带来一封家书，请太夫人让贞夫马上到宋国去，让他们夫妻团聚。喏喏喏，你看，这不是专程来接她的车子吗？多神气！"

韩母一看，门外果然有一辆披红挂绿、金碧辉煌的车子，就高高兴兴地让贞夫好好打扮一下，并催她上车。

贞夫却愁眉苦脸地对婆婆说："阿婆，媳妇昨夜做了个噩梦，到现在还有些害怕呢。我在梦里看见一条黄蛇盘在我的床脚，阴森森地伸出舌头。天上还有三只鸟在飞，其中两只互相打起来，一只被啄得头破血流，羽毛掉了，鲜血滴滴答答地落下来，凄惨极啦！如今门外来了这么多耀武扬威的人，不禁使我想起了这个噩梦。他们来自千里之外，花言巧语的，怎可轻信？韩郎的书信，我真想看一看，就怕这信是假造的。你就说媳妇卧病在床，正在服药，不能出门。"

梁伯见贞夫不肯上钩，眼珠骨碌一转，又想出个坏点子。他故意大惊小怪地对韩母说："哎哟，做妻子的听说丈夫有书信来，怎么反而不高兴呢？看起来，你的儿媳妇不规矩，一定另有新欢了。"

韩母虽是个老实人，却也有些将信将疑起来。贞夫听客人在诽谤她，连婆婆也有点相信，顿时脸色发青，手脚发抖，含着眼

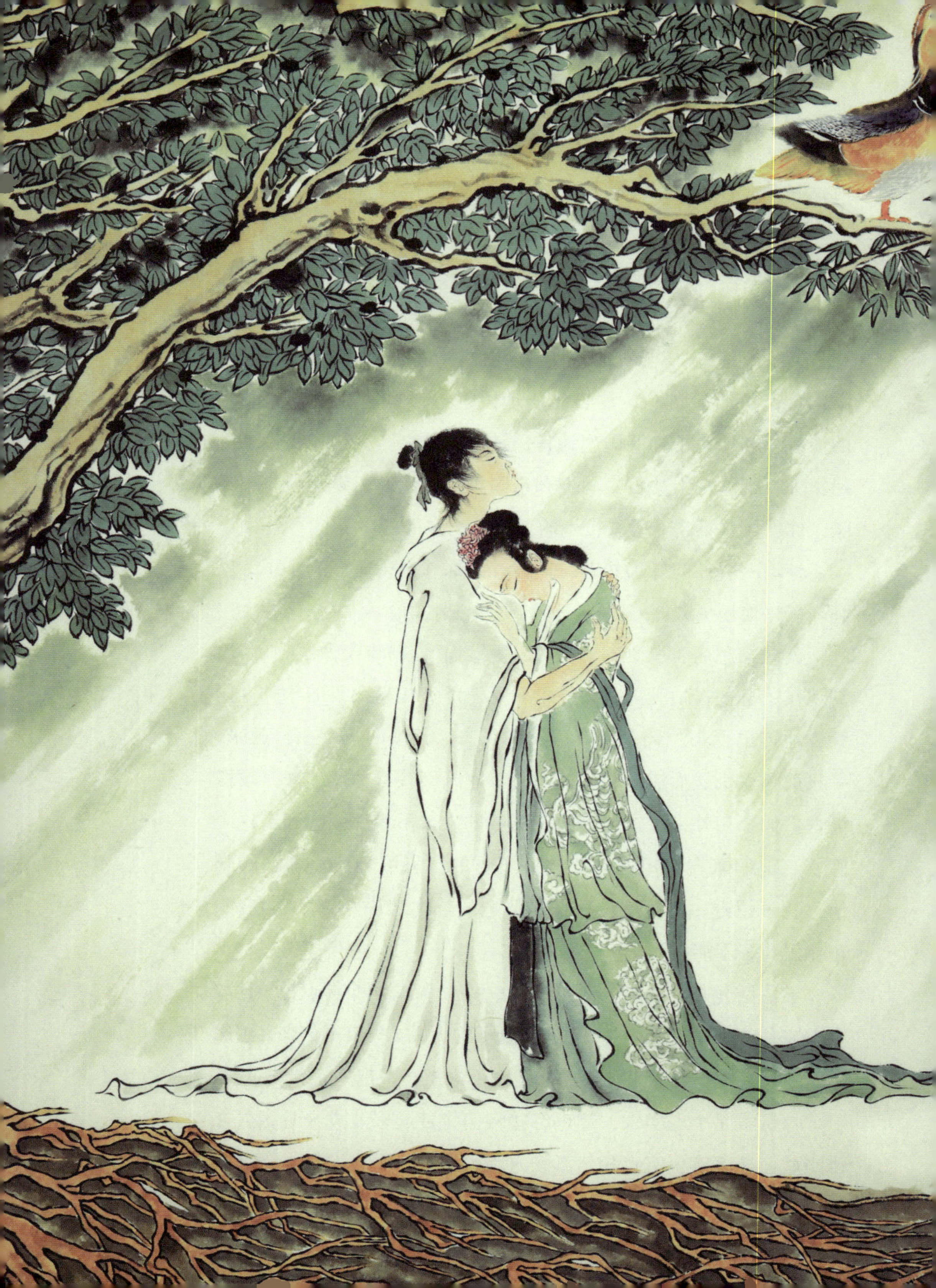

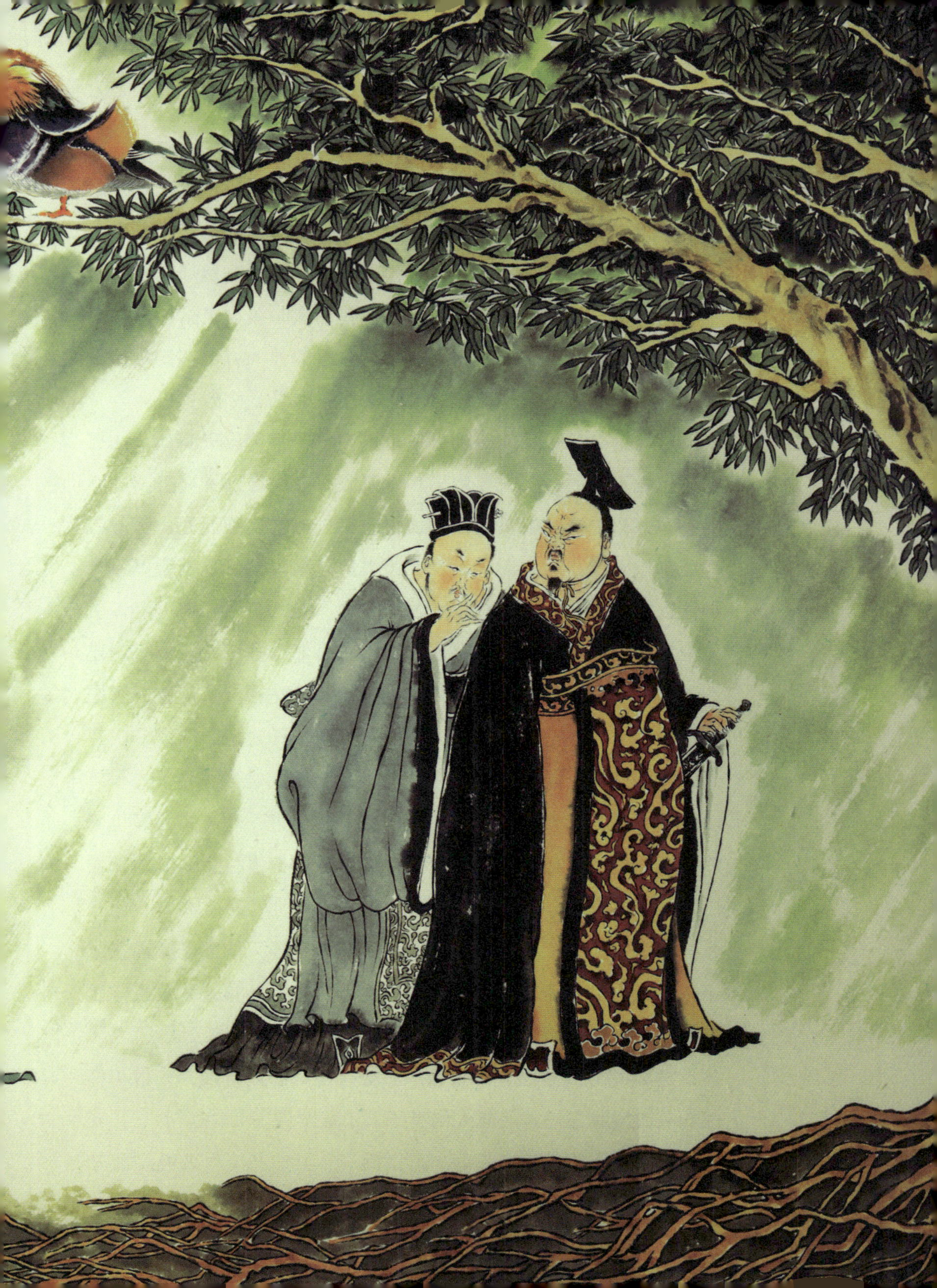

泪对婆婆说:"客人既然这么说,媳妇就是死也是要跟他走一遭了。这一去凶多吉少,不知何年何月才能回来!娘啊,从此以后,你再也见不到媳妇了!唉!织机啊织机,我什么时候再来织你?湛清的井水啊,我什么时候再来汲你?齐崭的釜灶啊,我什么时候再来烧你?闺房里的床席啊,我什么时候再来陪伴你?空旷的庭院啊,我什么时候再来打扫你?绿油油的青菜啊,我什么时候再来割你……"

贞夫走到哪里,就哭到哪里。贞夫的哭声传出了门户,四邻八舍也觉得伤心。贞夫要走了!她泪眼婆娑地拜别了婆婆。她刚一上车,梁伯就吩咐马夫快马加鞭,飞也似的疾驰而去。韩母心里一阵难受,一边哭着呼唤,一边去追赶马车,可是她哪里追赶得上呢?

宋康王一见贞夫,欢喜得发狂。后宫那么多嫔妃,哪一个比得上她?贞夫面如凝脂,腰如束素,闭月羞花,沉鱼落雁,实在太美了。宋康王下令,封贞夫为王后,宫中狂欢三天三夜,庆贺新婚之喜。

谁知道,贞夫从进宫后,就一直没露出过一丝笑容,饭也不吃,水也不喝,如花似玉的容颜很快就憔悴不堪,病恹恹地躺在床上,起不来了。

宋康王实在不明白,便问道:"你原是普通人的妻子,现在成了王后,穿的是绫罗绸缎,吃的是山珍海味,又有这么多人侍候你,你还有什么不开心的呢?"

贞夫说:"我早已立下誓言——今生与韩郎同贵贱,来世与韩郎同墓穴。我愿还是普通人的妻子,不稀罕做王后!"

宋康王束手无策,只好与群臣商议。梁伯又凑上来说:"要知道韩朋正年轻,头发乌黑,牙齿雪白,两眼炯炯,风度翩翩。这样的美男子,贞夫怎会不思念?要想断了她的情思,就只有把韩朋的相貌毁了,让他去做囚徒。"

宋康王当即派人把韩朋叫来,当场一顿毒打,打得他头破血流,脸上破了相,两颗门牙也被砸掉了,然后把他脚镣手铐,押去修筑清陵台。

贞夫得到这消息,痛彻肝肠,更加思念韩朋。一天,贞夫要求去看看韩朋,正中宋康王下怀,他派出豪华的车马,让三千侍从簇拥,送贞夫到清陵台下。

这时,韩朋正在铡草喂马,见贞夫来了,怕她看见自己这副狼狈相,随手抓一把草料遮住了自己的脸。贞夫扑簌簌地流下了眼泪,哽咽着对韩朋说:"韩郎呀,宋王有绫罗锦衣,我不愿意穿;宋王有山珍海味,我不愿意尝。我思念郎君,就像旱天盼望甘露。看见郎君受苦,我的心如同刀割。你看我如此憔悴,还不是为了寻找机会报仇才活着的吗?你为何用草料遮住脸,不让我见你一面呢?"

韩朋说:"南山有树,名叫荆棘,一条枝上两根茎,叶儿虽然细小却长势茂盛。都说东流之水,西海之鱼,都喜欢抛弃低贱、攀附高贵,你是不是也这样?"

贞夫听罢,低头就往回走。她泪如雨下,心痛似绞,当即从裙子上撕下一条三寸宽的素帛,咬破舌头,滴下血,在帛上写了几句诗。她把血书系在箭头,一箭射到韩朋身边。

韩朋读罢血书,才明白贞夫的心思,觉得自己大大地错怪了她。当天晚上,他悲愤地自杀了。

宋康王很惊奇,就问群臣:"韩朋是自杀,还是被别人杀死的？"

梁伯说："韩朋身上找不到半点伤痕，只在他的头颈处发现一条三寸宽的素帛。"

宋康王接过素帛一看，原来是贞夫的血书，上面写道：

大雨久下不停，
池中游鱼鸣咽。
大鼓呵没有声，
小鼓也没有音。

宋康王问："谁能解释它的意思？"

梁伯说："我能解释。'大雨久下不停'，是说贞夫泪如雨注；'池中游鱼鸣咽'，是说贞夫受困，哭着求救；'大鼓呵没有声'，是说贞夫心里非常生气；'小鼓也没有音'，是说贞夫正默默地思念着韩朋。短短四句隐语，用意可深着呢。"

宋康王想，韩朋死了倒干净，索性把死讯告诉贞夫，让她别再痴心妄想了。得知了韩朋的死讯，贞夫默默地流着泪，隔了好一会才说："韩郎死了，我还有什么话可说呢？只求大王开恩，为他厚葬。"

宋康王当即下令，在城东挖一个百丈见方的大墓穴，埋葬韩朋。这在当时是葬将相的厚礼，够隆重的了。贞夫再三要求到墓地看看，宋康王只好又依了她。

到了城东墓地，大小官员正聚集在那里举行入殓仪式。贞夫含泪下车，绕着墓穴走了三圈，一边哭，一边呼唤着韩朋的名字。她的声音直上云霄，在场的人一个个都感动得流下了眼泪。

贞夫对官员们说："大王要我活着，我却只愿自己早些死去。我的怨恨只有上天才知道。但愿我死后，能将我和韩朋葬在一起。"说罢，她不顾一切地朝墓穴跳下去。旁边的人连忙去拉她，谁知道贞夫早把自己的衣服放在苦酒里浸泡过。手一拉它，衣服就粉碎。一阵风吹来，碎片又变成对对蝴蝶，飞了起来。人们只好眼巴巴看着贞夫跳下了墓穴。

宋康王听到这消息，咆哮起来，当即拔出佩剑，接连杀死了面前的几个臣子。他气呼呼地跳上车，飞快地赶到墓地，逼着大家下墓穴去救贞夫。

这时，天上电闪雷鸣，狂风呼啸，霎时间下起了倾盆大雨，地面浊流滚滚，无法行走，墓穴里灌满了水，谁也无法去救贞夫了。

宋康王不死心，等大雨一停，又派人下墓穴寻找。下去的人找了大半天，不但找不到贞夫的尸体，韩朋的棺材也不见了。墓穴底下只有两颗圆鼓鼓的石子，一颗青色，一颗白色，晶莹闪亮，煞是可爱。

宋康王恶狠狠地说："把青石子埋在大路东边，把白石子埋在大路西边，偏不让你们在一起。两颗石子如果能合到一起，我就不来阻拦你们了。"

一夜之间，奇迹出现了。路东埋青石的地方生出一棵桂树，路西埋白石的地方生出一棵梧桐树。十天的时间，两棵树都长大到一抱粗了，它们弯曲着树干，拼命向路中间靠拢，靠拢，不久就紧紧连在一起了。枝叶与枝叶在空中交错，根系与根系在地下盘结。树下一泓泉水轻轻流过，把大路也隔断了。

宋康王出巡，看到这情景，不觉地皱起了眉头，问道："这是什么树？"

梁伯说："这是韩朋树和贞夫树。它们枝叶相交，是表示恩爱；根系盘结，是表示气节；树下的流泉，是他们夫妻两人的眼泪啊。"

宋康王大发雷霆，下令把这两棵树砍掉。砍了三天三夜，却怎么也砍不断，只砍下来两根枝桠，枝桠的伤痕里流出了许多鲜血。这两根枝桠掉在树下的泉水里，忽然变成一对鸳鸯，哀叫着，飞走了。

鸳鸯从空中落下一根羽毛，青翠翠的，色泽很光洁。砍树的人把它拿去献给宋康王。宋康王拿着羽毛赏玩，往手上掸掸，只觉得自己手上的皮肤顿时白嫩起来；往身上掸掸，身上的皮肤也白嫩起来。宋康王高兴极了，拿着这羽毛在身上到处掸，不知不觉掸到了脖颈那里。说时迟，那时快，那羽毛竟突然变得比钢刀还要锋利，他的头在刹那间就被削掉了。

不到三年，宋国被齐国灭掉，梁伯父子被发配到边疆，过着非人的生活。人们常说，善有善报，恶有恶报，这是自作孽不可活！

那两只鸳鸯又飞回来了，常常栖息在那两棵大树上，早晚都不肯离去，交颈悲鸣，声音凄惨。有人说，这对鸳鸯就是韩朋和贞夫两人死后变的。大家就叫这对鸳鸯栖息的两棵树为"相思树"。"相思"的说法，也就是从这个时候开始传下来的。

【故事来源】

本文主要依据《韩朋赋》译写。故事最早见于三国时期魏国曹丕的《列异传》；东晋干宝《搜神记》卷十一中有较为完整的记述；在敦煌石窟藏书中，《韩朋赋》将这个故事发展得更加丰满。

完璧归赵

"完璧归赵"的故事发生在战国后期。赵国大臣蔺(lìn)相如出使秦国,有勇有谋,出色地完成了国王交给的重任,使得价值连城的和氏璧完好无损地又回到赵国。

说起和氏璧,这里有个小故事。当年,楚国人和氏从山里发现一块璞玉,觉得这里面一定藏着稀世宝玉,不敢自己享用,恭恭敬敬地拿去献给楚厉王。厉王让一位有经验的玉工来察看,玉工说:"这是块普通的石头。"厉王相信了,以为和氏欺君,就砍了他的左脚。后来厉王死了,和氏又捧着这块璞玉进京,献给武王。武王再派一位有经验的玉工去察看,玉工又说是石头。楚武王发火了,觉得和氏又在欺君,就下令砍了他的右脚。后来,武王死了,文王继位。和氏抱着这块璞玉在荆山下伤心地哭泣,一哭哭了三天三夜,眼泪流干了,流出来的全是血。文王听说了这事,派人去探明情况。那人问:"天底下受刖(yuè)刑的人也不止你一个,你为什么哭得这么伤心?"和氏说:"我不是为受刖刑而悲伤,我伤心的是,人们把宝玉看成了石头,把正直的人看成了骗子。是非颠倒,黑白混淆,我怎么能忍受这种局面呢?"那人把这块璞玉捧回去,楚文王让玉工琢开一看,里面果然藏着一块价值连城的稀世宝玉。为了纪念和氏,人们把这块宝玉命名为"和氏璧"。

后来，这块和氏璧几经周转，到了赵惠文王的手里。秦昭王知道了这个消息，对和氏璧馋涎欲滴，算计着想弄到手，就派人给赵王送去一封信，说是要用十五座城池换取这块和氏璧。

赵王接到信，岂敢怠慢，连忙跟大臣廉颇等人一起商议。秦国一向气焰嚣张，要是拒绝吧，秦国正好有借口出兵攻打赵国，而赵国又实在不是秦国的对手。把和氏璧送给秦国吧，就怕这是个骗局，弄不好十五座城池一座也到不了手，反而白白送走了一块宝玉。怎么办呢？这件事，左也难来右也难，看起来还得找一个合适的人出使秦国，去当面交涉。可是，这样的人到哪里去找呢？

宦官首领缪贤站出来，向赵王推荐说："臣下的舍人蔺相如可以胜任这个差使。"

赵王说："我从来没有听说过这么一个人。你凭什么知道他能胜任？"

缪贤向赵王说："当年，臣下得罪了大王，很是惊慌，一度想逃到燕国去。蔺相如问我：'你是怎么认识燕王的？'我说：'那一年我跟着赵王在国境上与燕王会晤，燕王乘人不备，悄悄地握着我的手跟我说，愿意与我交个朋友。所以我想去投奔他。'蔺相如却神色庄重地提醒我说：'赵国强大，燕国弱小，你是赵王的宠臣，所以燕王才来巴结你。如今你在赵国失势，燕国哪里还敢收留你，十有八九是要将你绳捆索绑，送回赵国请功。我现在为你着想，建议你不如主动去向大王请罪，这才是唯一的出路。'经他这么一说，我顿时清醒过来，照着蔺相如的意见去做，大王也果然赦免了我。这样看起来，蔺相如是个大智大勇的人，可以胜任大王交给他的重任。"

赵王听了，连连点头，立即召见蔺相如。赵王问："秦王想用十五座城池来换我的和氏璧，你说我该怎么办？"

蔺相如说："秦国强，赵国弱，你不能不答应。"

"如果给了他和氏璧，他却不给我城池，怎么办呢？"

"秦国提出用城池换和氏璧，如果赵国不给，是赵国理亏；如果赵国给了和氏璧，而秦国不给城池，那是秦国理亏。权衡利弊得失，我们首先要让秦国处于理亏的地位，下一步就会主动了。"

赵王见他分析得条理清晰，头头是道，很是赞赏，又接着问："那么谁可以出使秦国呢？"

蔺相如微微一笑，胸有成竹地说："想必大王尚未找到合适的人，那就让臣下去试一试吧。臣下可以向大王保证：如果秦国真的将十五座城池划给赵国，我就把和氏璧留在秦国；如果秦国不给城池，我会把和氏璧完好无损地带回赵国。"于是，蔺相如带着和氏璧，出使西方的秦国去了。

秦王安排在离宫章台接见蔺相如。蔺相如一见，这儿可不是秦国正式接见使者的地方，心中就多了一层戒备。他按照礼节，把和氏璧进献给了秦王。秦王接过和氏璧，满脸堆笑，一边打着哈哈，一边把和氏璧递给后宫姬妾和随从官员们传看。他们一个个都眼里放光，欢呼着万岁，却把使者冷落在一边。蔺相如冷眼旁观，知道秦国并没有用城池来交换和氏璧的意思，当即走上前去，神情庄重且严肃地对秦王说："这和氏璧上有一个小斑痕，美中不足，让我来指给大王看。"

秦王没有防备，随手把和氏璧递给了蔺相如。

蔺相如接过和氏璧，倒退几步，身体靠在一根庭柱边，怒发冲冠。他义愤填膺地指着秦王的鼻子斥责起来："在我出发之前，赵国有许多人说秦王贪得无厌，言而无信，去不得。独有我还是主张要来，平民相交都讲究信义，何况是堂堂秦国，相信秦国不会为了和氏璧而在诸侯国面前丢面子。听完我的话，我们赵王沐浴更衣，斋戒五天，才在朝廷之上郑重其事地将国书交付于我，让我作为国家的使者，捧着和氏璧来到秦国。想不到大王傲慢无礼，根本没有把我当作赵国的使者，随随便便地在章台接见我，羞辱了赵国，也羞辱了秦国，让诸侯国都知道秦王是个不懂礼节的人。今天你拿到和氏璧，只顾让官人们传看嬉笑，却只字不提交换城池之事，可见大王并不想实现诺言。是大王不讲信义，才逼得我取回和氏璧的。大王要是再进一步逼我，我宁愿将自己的脑袋和和氏璧一起在庭柱上撞个粉碎。"

秦王吓得手足无措，生怕蔺相如真的把和氏璧砸碎了，连忙向他道歉，又立即叫来主管疆域户口的官吏，打开地图，对蔺相如说："喏喏喏，就从这里到那里，一共有十五座城池会划归给赵国，我怎么会说话不算数呢？"

蔺相如心里明白：这不过是秦王虚晃一枪，做做样子而已，哪会真的把城池交出呢？于是，他对秦王说："和氏璧是天下公认的无价之宝，赵王敬畏大王，为了送璧，特地斋戒五天，十分虔诚。如今大王接受宝玉，自然也不可草率，起码得斋戒五天，并且在朝廷之上举行最隆重的外交礼节，我才敢献璧。"

秦王心想："这蔺相如是个烈性子人，既然说出了这种话，即使用武力相逼，也是无济于事。"他只好一概应承，一面斋戒五天，安排交接礼仪，一面客客气气地把蔺相如请进广成宾馆，把他当作贵宾招待。

蔺相如估计秦王用的是缓兵之计，最终是不会用城池来交换和氏璧的，就派他的随从乔装打扮，穿上普通老百姓的麻布短衫，把和氏璧藏在怀里，悄悄地从小路逃回了赵国。

再说秦王这边，斋戒五天之后，果然在朝堂上举行了最隆重的外交礼节，让蔺相如献璧。蔺相如走上殿堂，坦然自若地对秦王说："秦国从穆公到如今，经历了二十多位国君，常常失信于诸侯，这是众所周知的。我怕万一被大王欺骗，回去不好向赵国的国王和百姓交代，所以就多了一个心眼，已经派人将和氏璧送回去了。不过，这事并非不可妥善解决。要知道秦国强，赵国弱，秦国如果真的把十五座城池划给了赵国，赵国怎么敢扣着和氏璧不送来呢？今天我蔺相如欺骗了大王，罪该万死，请大王将我下油锅烹死吧！"说罢，他安详地闭上了双眼，听凭秦王处置。

秦王一听，暴跳如雷，却又拿蔺相如毫无办法。他心里明白：这件事要是传扬出去，天下的人都会说秦国理亏；现在就是把蔺相如杀了，也拿不到和氏璧，反而因小失大，断绝秦国和赵国的邦交，何苦呢？他一肚子窝火，却不得不装模作样地在朝堂之上正式接见了蔺相如，客客气气地将他送回赵国。

蔺相如回到赵国，那块和氏璧也早已安然无恙地到了赵王手中。赵王认为蔺相如是个大智大勇的人，任命他为上大夫。

【故事来源】

据《史记·廉颇蔺相如传》和《韩非子·和氏第十三》译写。"完璧归赵"后来成为典故，常被人们用来比喻"完整无缺地把原物归还给物主"。

毛遂自荐

这一年，秦国大军压境，赵国的都城邯郸被困。赵国决定派平原君出使楚国去讨救兵，与楚国签订一个联合抗秦的盟约。平原君此行责任重大，大家商议着要他带二十名文武兼备的随从人员一起前往。

平原君对门客们说："假如这次会谈一切顺利，圆满成功，自然是最好的了。万一对方不诚心，会谈失败，那我们也要挟制楚王在大庭广众之下把盟约确定下来，一定要确定了合纵盟约才回国。一起去的勇士，也不必到外面去找了，我手下有这么多食客，养兵千日，用兵一时，在你们中间挑选二十个人，还不容易吗？"

谁知道事与愿违，平原君七挑八选，挑选出十九个人后，就再也选不出另一个合适的人了。

平原君门下有个食客，名叫毛遂，他自告奋勇地去找平原君。他说："我听说你要到楚国去订立合纵条约，商定带二十名食客一起去，而且不想到外边去挑人，如今还缺少一个，希望你把我也算一个，凑成二十个人，早日起程吧。"

平原君觉得有些奇怪，就问他："先生在我赵胜的门下，已经有几年了？"

毛遂回答说："算起来，到现在也已经整整三个年头了。"

"喔,已经三年了。我听人家说,那些有德有才的人活在世上,就好比是一把锋利的锥子放在布袋里,它的尖子是很快就会露出来的。先生到我赵胜的门下已经有三个年头了,可我从来没有听见什么人提起过你,也从来没有听身边的人向我称赞过你。照这样看来,先生大概确实没有什么特长。既然你没有出众的才能,怎么能担当这次重任呢?你还是先留在这里吧。"

毛遂笑着说:"你只知其一,不知其二。锋利的锥子放在布袋里,它当然迟早要露出头来。但是,如果它连在布袋里的机会都没有,你怎么让它有所显露呢?我今天找你,就是来请求你把我放到布袋里去的。假如我很早就有机会置身于布袋中,那就不仅仅是露出一点点锥尖了,恐怕整个锥子都早已露出来了。你说是不是?"

毛遂这么一说,平原君也忍不住笑了起来,终于点点头说:"那就一起去吧。"但是,那同去的十九个人,没有一个服气的,都用轻蔑的目光相互示意,虽然没说出口,心里却都在说这个人有些自不量力。

到了楚国都城,毛遂跟同去的十九个食客谈论天下形势,说得头头是道,那十九个人才开始对他佩服起来。

那天,平原君跟楚国国君谈判联合抗秦的盟约,从太阳一升起就开始谈,一直谈到太阳照到头顶,也还是谈不拢。那十九个人异口同声地对毛遂说:"看样子,只好请先生上堂去助一臂之力了。"

于是,毛遂手按着剑把儿,一步跃上台阶,登上大堂,对平原君说:"联合抗秦的大道理是明摆着的,辨明利害,也就可以定下来了。今天居然从大清早谈到中午,还是定不下来,这究竟是

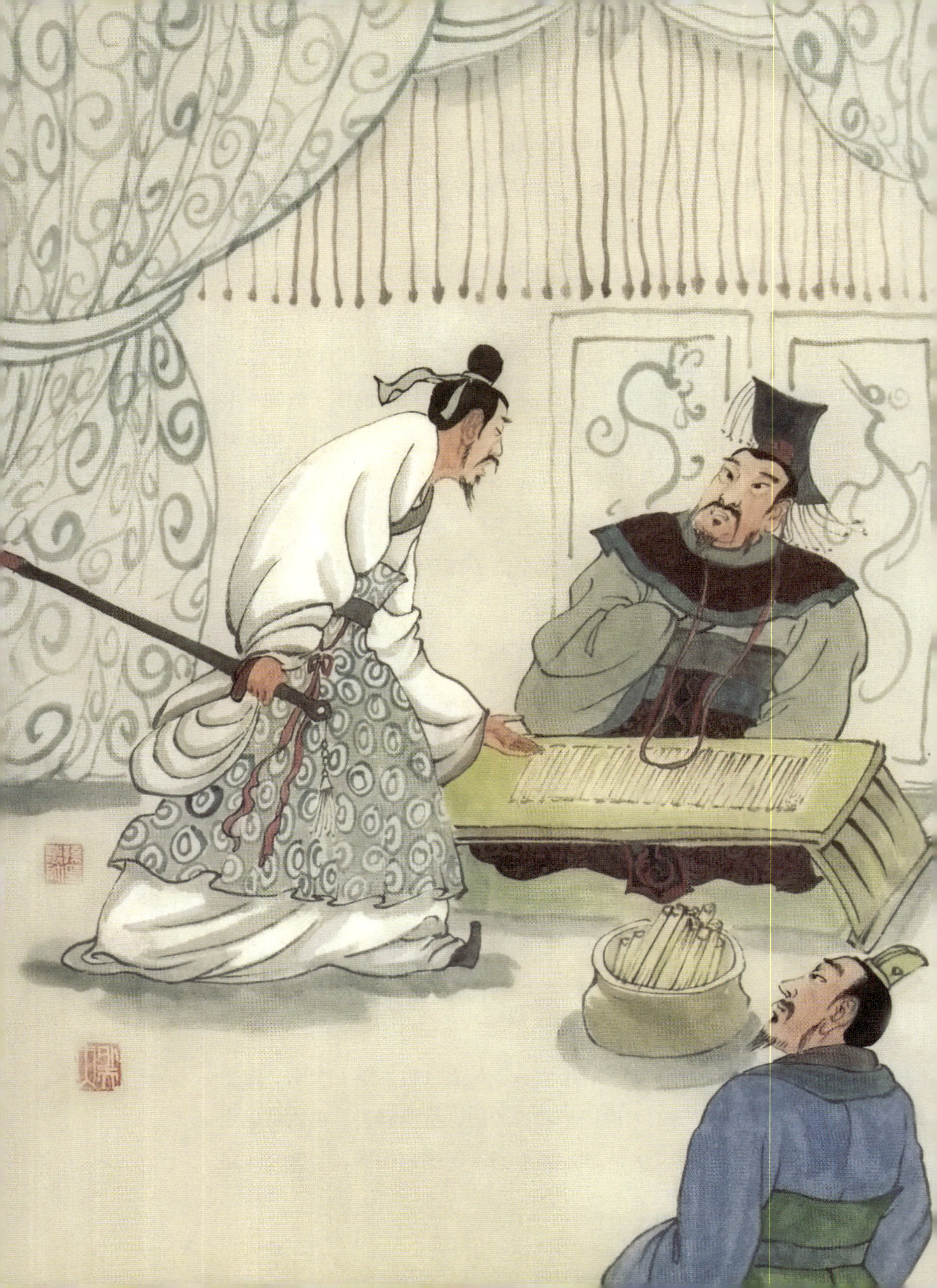

什么缘故呢？"

楚王见平白无故地又上来一个陌生人，心里很不高兴，板着脸问平原君："这是什么人？"

平原君说："他是我的随行人员。"

楚王顿时大怒，一拍桌子，大声呵斥起来："还不快给我下去！我是在跟你的主人谈判，你跑上来干什么？一点规矩都不懂。"

毛遂却根本不把楚王放在眼里。他手按着剑把儿，走上前去，对楚王说：

"大王今天敢指着鼻子骂我，无非是仗着你们楚国兵多将广，实力强盛。你要知道，现在你我之间相距才十步，楚国的兵马再多，大王一时之间也用不上他们了。你看清楚，我手里拿着的这把剑可不是吃素的，大王的性命今天就掌握在我的手心里了。我问你，当着我主人的面，你这样大声呵斥我，是不是失礼了？

"我听人家说，商汤原来只有七十里见方的一块土地，后来居然统一了天下，周文王当年也只有百里见方的领土，却能使诸侯向他称臣。他们之所以能号令天下，难道依仗的是自己兵多将广吗？不是的。实在是因为他们能够顺应时势。

"现在楚国的疆域纵横五千里，军队上百万，这不正是楚国称霸天下的资本吗？楚国如此强大，应该是天下无敌的了，可是事实并非如此。秦国的白起，有什么了不起，无非是一个小孩子罢了。他居然率领几万人马进攻楚国，第一仗占领了鄢地（今河南许昌鄢陵县一带）和国都，第二仗又烧毁了夷陵（今湖北宜昌东南），第三仗更是进一步污辱了大王的祖先。他们真是肆无忌惮，令人发指！这是楚国世世代代都不可忘却的深仇大恨，就连我们赵王也觉得有些不光彩。可是今天，大王却似乎把这一切都忘了。要知道，我们主人来跟大王签订联合抗秦的盟约，是为了楚国，而并不是为了赵国。你再仔细想一想，你当着我们主人的面大声呵斥我，究竟是为了什么？"

楚王被毛遂的这番话说得冷汗直冒，再也不敢发威了，连声说："是的，是的！先生说得有理，我愿意拿出全国之力来联合抗秦。"

毛遂大声问道："这么说，盟约可以定下来了吗？"

楚王说："可以确定了。"

于是，毛遂当机立断，对楚王身边的人说："把鸡、狗、马的血拿上来。"

血拿上来之后，毛遂捧着盛血的铜盘，跪下来献到楚王面前，严肃地说："大王应当首先歃（shà）血，确定联盟，下一个应该是我的主人，再下一个，那自然是我毛遂了。"

就这样，他们当场在殿堂之上签订了联合抗秦的盟约。接着，毛遂左手拿起这盘血，右手招呼一起来的十九个人，对他们说："诸位也上来，一起在殿堂下歃血吧。"

平原君订立了联合抗秦的盟约之后，高高兴兴地回到了赵国都城。他深有感触地说："我赵胜再也不敢轻易鉴别人才了。我这辈子鉴别过的人才多说有上千人，少说也有好几百吧，平日里很自信，以为没有看错一个人，谁知道偏偏漏掉了这位毛先生。这次出访楚国，毛先生一登上楚王的殿堂，就使得他在赵国的地位比传国宝器还重要。凭着雄才大略、能言善辩，毛先生居然征服了狂妄自大的楚王，他的威力比百万雄师还强大。我以前为什么就看不出这是个人才呢？从今之后，我赵胜再也不敢轻易鉴别人才了。"

【故事来源】

据《史记·平原君虞卿列传》译写。"毛遂自荐"常被人们用来比喻自告奋勇、自我推荐的行为。

西门豹治邺

战国时候，魏国的国王魏文侯任命西门豹到邺(yè)城*去做地方长官。西门豹到那里一看，只见人口稀少，一片凄凉，像刚打过仗似的，他的心情不觉地沉重起来。他召集当地年纪较大又有声望的人在一起聊天，了解他们有什么困苦。

父老们纷纷向他诉起苦来："要说百姓最苦恼的事，就要数替河伯娶亲了。这事弄得民不聊生，谁也受不了。"

"河伯是谁？他娶亲跟百姓又有什么关系？"

"关系可大着呢。河伯是漳河里的水神，每年要娶亲一次。万一怠慢了他，惹他发了火，可不得了，漳河一发大水，邺地的老百姓都得遭殃。为了这事，邺地的三老和衙门里的官吏们每年都要向老百姓征收捐税，一征就是好几百万。他们只拿出二三十万来为河伯操办婚事，其余的钱，就和庙祝、巫婆他们一起私分了。"

"喔，河伯是水神，那娶亲是怎么个娶法呢？"

"每到河伯娶亲的时节，那些巫婆就到穷苦人家去巡视，看谁家姑娘漂亮，就说她该给河伯做夫人，当即就下聘礼，把姑娘抬走。她们让姑娘沐浴、洗头发，替她缝制绸缎绉纱的新衣，还替她在河边搭起一所斋戒用的房子，挂上大红丝绸帷幔，让她一

邺城

今河北省邯郸市临漳(zhāng)县一带，享有"三国故地、六朝古都"之美誉，先后为曹魏、后赵、冉魏、前燕、东魏、北齐六朝都城，作为黄河流域的中心长达四个世纪。破釜沉舟、曹冲称象、七步成诗、文姬归汉等成语典故均出自临漳。

个人住在里头。过了十多天，等娶亲的日子到了，她们就把新娘打扮起来，像嫁闺女似的准备好床席，让姑娘坐上去，然后把床席放在河里，让它在水面漂浮。起初，床席没有浸透水，还是浮在水面上的；漂着漂着，被浸透了，浪也大了，这床席就沉下去了。"

"这一沉，姑娘岂不是没命啦？"

"谁说不是呢。所以，凡是小户人家有漂亮闺女的，都生怕被挑去做河伯夫人，纷纷带着闺女逃亡到远方。这样一来，这里就空荡荡的，人口越来越少，日子也越过越艰难了。这个风俗由来已久，民间都说'不给河伯娶亲，早晚要发大水的'，东西冲光不算，大人小孩全得淹死，真是没有办法！"

经这么一了解，西门豹心里就有了底，他不动声色地对大伙说："我是地方长官，这么大的事儿也应该参加。到给河伯娶亲那天，请三老、巫祝和诸位父老都到漳河边上去送新娘。也希望你们告诉我一声，我也应该去送送她的。"

大家都说："好。"

到了给河伯娶亲的那一天，西门豹果然早早地来到了漳河边。当地的三老、官吏、豪绅和父老乡亲们都聚集在那里，赶来看热闹的人足足有两三千人，漳河边顿时变得十分热闹。

那个巫祝是个七十多岁的老太婆，打扮得妖里妖气的，站在河边。她的身后跟着十来个女徒弟，都穿着一式的丝绸祭服，手里端着各种祭器。

西门豹一看人都到齐了，就说："把河伯夫人请出来让我看看，到底漂亮不漂亮？"

有人马上把新娘从帷幕里扶了出来，带到西门豹面前。西门

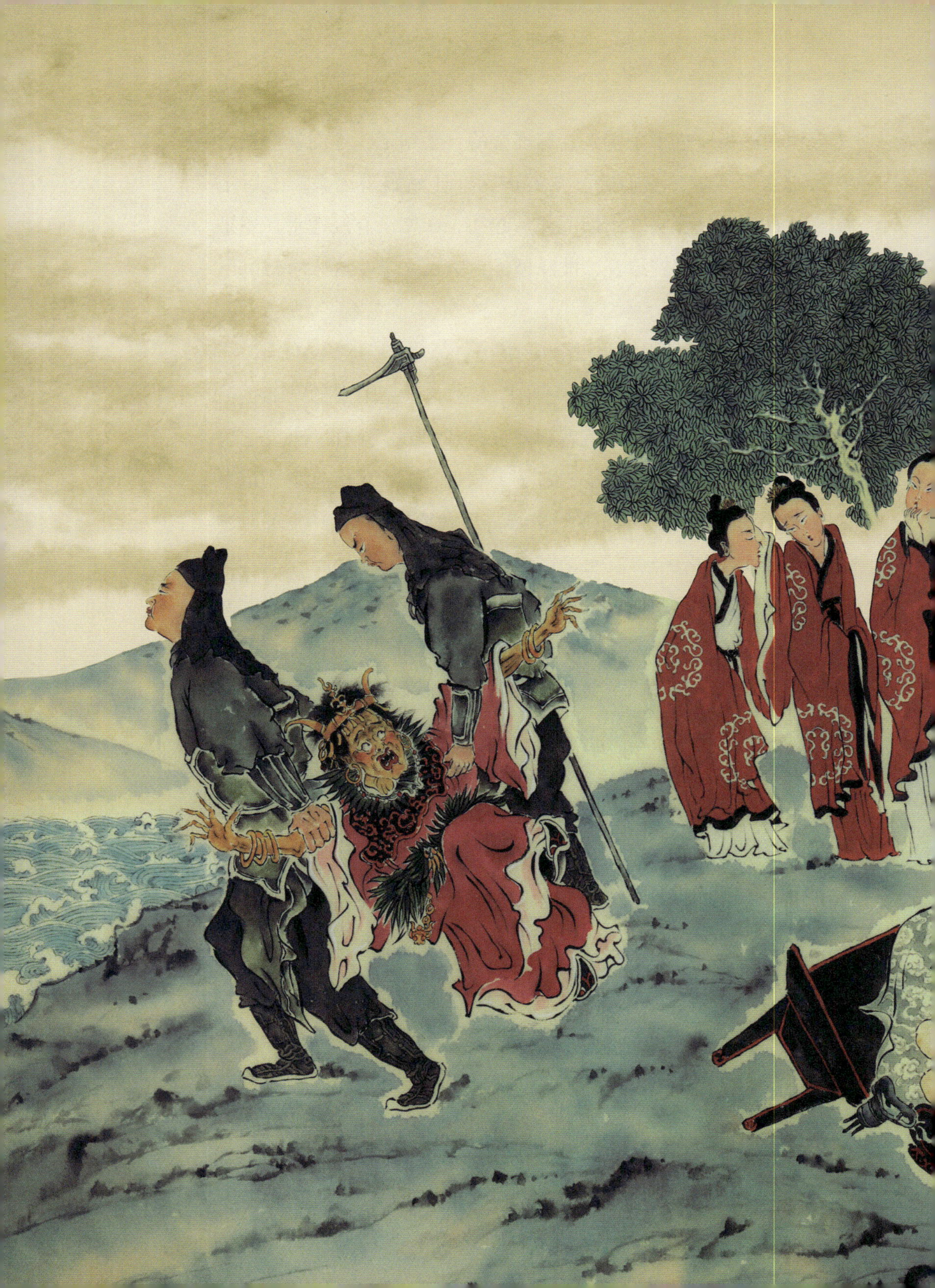

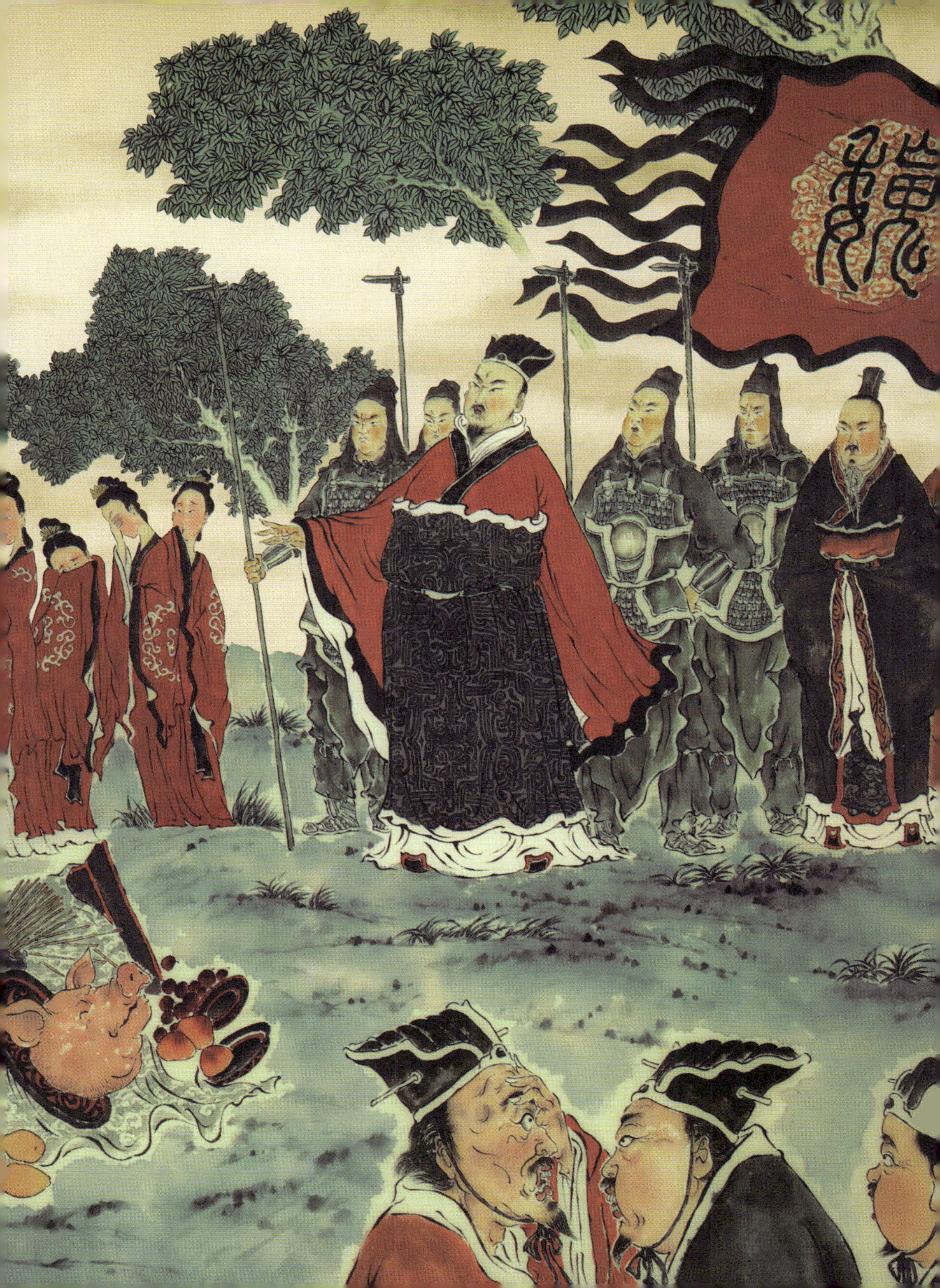

豹一看，竟皱起了眉头，回过头去对三老、巫祝和父老乡亲们说："河伯娶亲是地方上的大事，千万不可草率从事。你们看，这个新娘长得一点也不漂亮，怎么好意思嫁出去呢？不行不行，麻烦大巫老婆婆去禀告河伯，就说我们要重新物色一位漂亮的姑娘，后天一定给他送去。"

说完，他一挥手，身边的兵士赶紧过去抱起老巫婆，"扑通"一声，把她扔进了漳河里。

过了一会儿，西门豹抬头看看天色，又焦急地说："咦！大巫老婆婆怎么去了这么久还不回来？年纪大了，办事就是磨蹭。来，派个弟子去催催她吧！"

西门豹刚说完，旁边的士兵又把巫婆的一个女徒弟扔进了漳河里。他的脸上没有丝毫表情变化，还是一本正经地站在河边等候。

又过了一会儿，西门豹又开口了："这位弟子看起来也不会办事。来呀，再派一个人去催催她们，务必要速去速回。"

又是"扑通"一声，士兵把另一个女徒弟扔进了漳河。这样，一共有三个女徒弟被扔了下去。

这时，漳河上的风越刮越紧，天色也变得有些阴暗起来，西门豹的眉头越皱越紧。他不耐烦地说："大巫老婆婆和这三位弟子毕竟都是妇道人家，啰啰唆唆的，说不清楚，还是麻烦三老到河伯那里去说一说吧。"

三老一看这情形，觉得有些不对头，刚想挣扎，早已被强壮的士兵们架了起来，"扑通，扑通，扑通！"三声，全被扔进了漳河里。

西门豹深深地弯下腰去，恭恭敬敬地面朝漳河水站着，就像在等什么人。四周寂静无声，谁都知道，被扔进漳河里的人是再也回不来了，可是谁也不敢说话，只是在心里盘算着。老百姓心里好不痛快，而那些官吏和豪绅们却一个个头上冒出了冷汗，脸吓得煞白。

又过了一会儿，西门豹回过头来说："大巫老婆婆和三老怎么都不回来了？这事儿看起来可真有些不好办。"说罢，他那一双锐利的眼睛直向官吏和豪绅们射去。

这些人早已吓得浑身发抖，连忙伏在地上，像鸡啄米似的磕起头来。头也磕破了，额角上的血流了一地，他们还是不敢停下来。

西门豹朝他们看了看，鼻子里哼了一声，冷冰冰地说："好吧，暂且等待片刻，再作处理。"

又过了一会儿，西门豹才说："你们都站起来吧，看起来河伯留客人吃饭，得好长时间才能回来，都先回去吧。"

从此以后，谁也不敢再提替河伯娶亲的事了。老百姓奔走相告，都说新来的长官为大家做了件大好事。

西门豹破除了替河伯娶亲的陋俗以后，又发动邺城一带的老百姓开凿了十二条水渠，引漳河水灌溉庄稼。从此，荒地变良田，河水再也不泛滥成灾了。

【故事来源】

据西汉褚少孙增补的《史记·滑稽列传》译写。

荆轲刺秦王

战国时，强大的秦国欺负弱小的燕国，燕国只得让太子丹到秦国去当人质。秦王恃强傲慢，对待太子丹既苛刻又无礼，太子丹怎么忍受得了呢？他再三要求返回燕国。秦王冷笑一声，说："你要回去，可以，只要你能够让乌鸦的头变白，让马儿长出了角，我就放你回国。"

一听这话，太子丹只好仰天长叹，绝望至极。说来也怪，他的这股怨气冲到天上，让飞过的乌鸦变成了白头，让宫殿前拴着的马儿长出了角。

秦王无话好说，只好放太子丹回国。但他仍不肯善罢甘休，在太子丹回国要经过的桥梁上暗暗布置了许多机关，想把太子丹害死。谁知当太子丹经过这些桥梁时，那些机关竟一个也没有发动起来，他顺顺利利地过了一个又一个难关，回到了燕国。

太子丹回到燕国之后，一心想报仇雪恨。他一方面派人四处招募有勇有谋的爱国志士，一方面给他的老师鞠武写了一封长信。信里诉说了秦王为人残暴，对他傲慢无礼，表示自己要报仇雪耻；但要跟秦国刀兵相见，燕国必难取胜；因此他要不惜一切代价，网罗天下勇士，靠一把剑刺死秦王，以消心头之恨。

鞠武不赞成太子丹的打算，也写了封长信劝太子丹耐心等待，不可图一时的痛快，把事情弄僵了。鞠武建议太子丹联合楚国和韩、赵、魏等国，共同讨伐秦国，认为这样才可能成功。

太子丹见鞠武不赞成他的打算，就召见鞠武，当面跟他商量。两个人话不投机，怎么也说不到一块儿去。

鞠武摇头叹道："我这个老师已经帮不了你的忙了，我向你推荐个能人，名叫田光。此人见识卓越，思虑深远，你去跟他谈谈看吧。"

太子丹一听，立即派人去请田光。他亲自站在台阶边上恭恭敬敬地迎接田光，再三施礼，并痛哭流涕地诉说自己在秦国做人质时所受的虐待与羞辱，最后求田光给他出个报仇的良策。

田光摸着胡须，沉着地说："这事关乎邦国大事，请你给我点时间，让我仔细考虑考虑吧。"

太子丹连连点头，忙给田光安排了豪华舒适的房间，一日三餐，他都亲自过来问候。

一晃，三个月过去了，太子丹见田光老是闷声不吭，就忍不住闯进了田光的房间。他关上门窗，焦躁地问："先生，我等了三个月了，你的计策考虑成熟了吗？"

田光不慌不忙地说："太子，你知道我已经老了，凭体力，比不上年轻人。说到底，我也不过是替你出出主意罢了。这段时间，我仔细观察了太子身边的人，发现他们都不是我要用的理想人物。我认识一个叫荆轲的勇士，他有勇有谋，临危不乱。你想谋划大事，就得找他。"

太子丹听后大喜，就让田光去卫国请荆轲出山。他亲自设宴送行，并一再叮嘱此是国家大事，请他千万别泄露出去。

田光到了卫国，见到荆轲，说明了来意，请他去燕国协助太

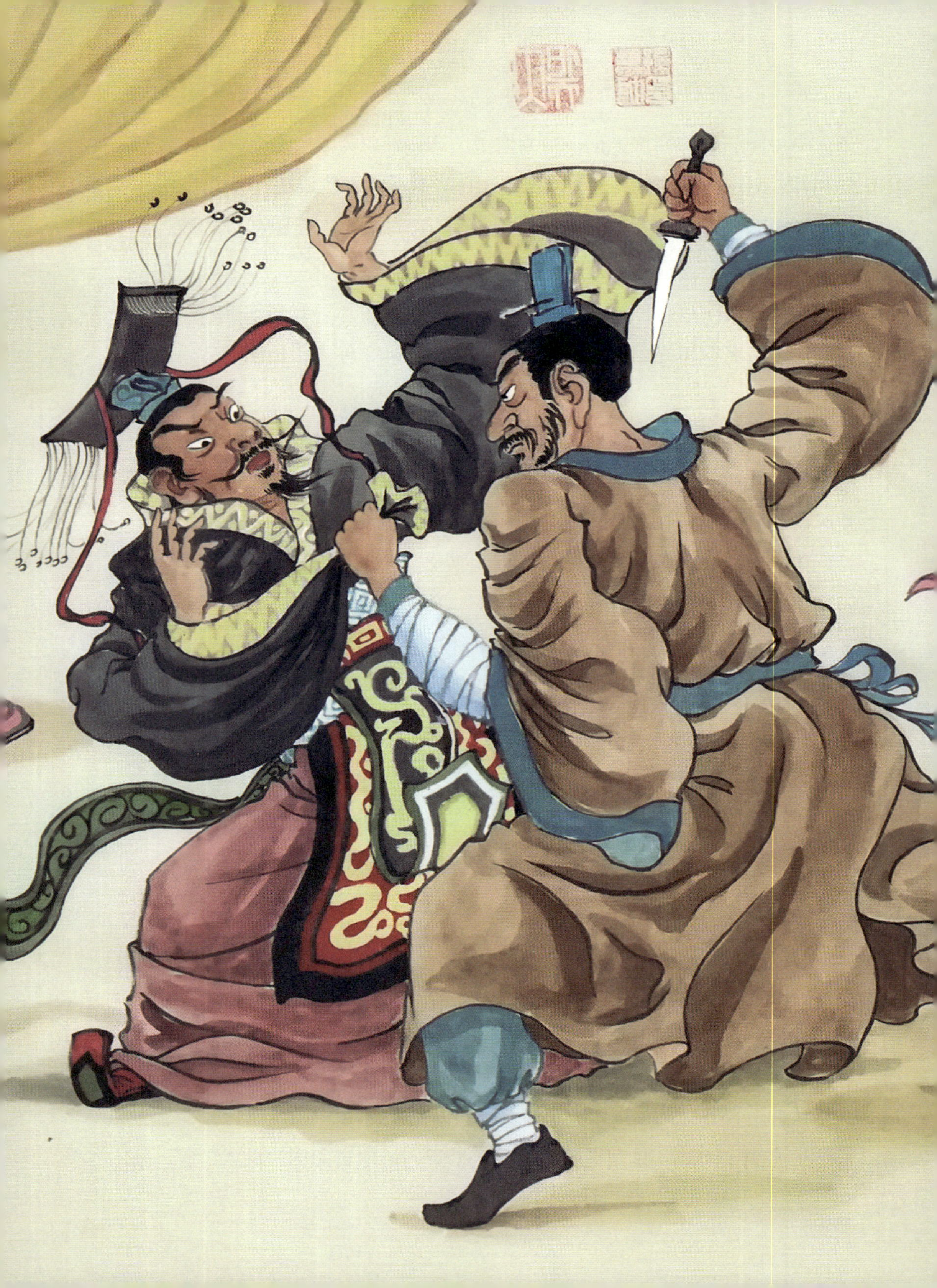

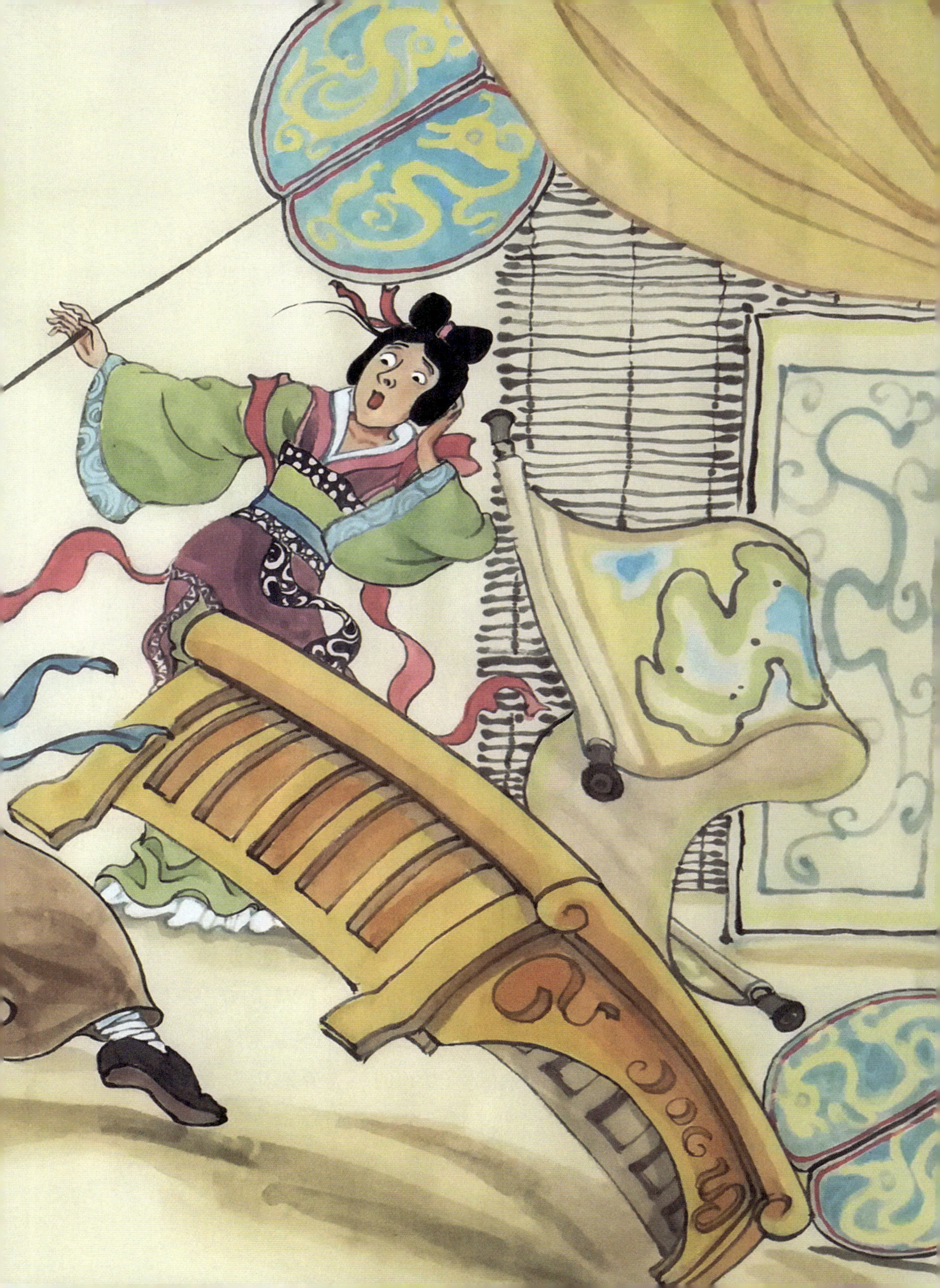

子丹共谋大事。荆轲见田光亲自来请,当即就答应了。

田光又说:"常言道,一个人是不能被别人怀疑的。想太子丹送我出宫时,拉着我的手再三叮咛,说这是国家大事,要我千万不可泄露机密。这说明他还不相信我。那我活在世上还有什么意思呢。"说罢,他当着荆轲的面,拔剑自刎了。

荆轲含泪埋葬田光之后,马不停蹄地赶往燕国。

太子丹亲自驾车去迎接,空着左边的上位。荆轲上车,也不谦让,一屁股坐在上位上。进了宫,当太子丹知道田光自杀的原因后,心痛欲裂,但后悔也来不及了。他把荆轲奉为上宾,盛情款待,每天都上门问候。

一天,太子丹陪荆轲到东宫游玩,在一个池塘边观赏金鱼。荆轲一时高兴,顺手捡起碎瓦片来打池塘里的青蛙。太子丹马上让人送来一盘黄金。荆轲也不客气,拿起金块就朝池塘里扔。一盘黄金扔完了,太子丹又让人送上来一盘。荆轲笑笑说:"不扔了。我可不是心疼金子,倒是我的胳膊有些吃不消了。"

又一次,太子丹陪荆轲骑千里马。荆轲随口说了句:"听说千里马的肝很好吃,不知是不是有这一说?"太子丹回去,当即吩咐手下杀了千里马,把马肝送去给荆轲吃。

不久,秦国大将樊於期(wū jī)得罪了秦王,出逃到燕国来投奔太子丹。太子丹在华阳台设宴招待。酒席上,荆轲听完一位宫女的演奏后,忍不住夸赞说:"不错,真是弹琴的好手啊!"太子丹听了,马上要把这位弹琴的宫女送给荆轲。荆轲却说:"咳,我不是这个意思。我不过是喜欢她的一双手罢了。"太子丹竟马上命人砍下那宫女的一双手,放在白玉盘里敬献给他。平日里,太子丹还常和荆轲同桌吃饭,同床睡觉,亲密得就像亲兄弟一样。

过了三年，荆轲才坦然地对太子丹说："我荆轲到这儿来侍候太子，不知不觉已经三年了。太子待我情深意厚，我永世难忘。普通人受到这种恩惠，总会想着怎么报答，更何况我荆轲了！烈士的气节有的重于泰山，有的轻于鸿毛，就看他用在什么地方。太子要我做什么，请指教！"

太子丹整了整衣袖，神色庄重地说："我曾经在秦国做过人质。秦王对我极端无礼，让我感到和他同活在这个世上简直是一种耻辱。现在先生不嫌我无能，来到鄙国。我是把国家生死存亡的大事托付给先生了，该怎么办，我一时也说不清楚，正要向先生请教呢。"

荆轲说："太子要是率领燕国这么一点点军队去跟强大的秦国硬拼，就好比用羊去捉狼，是一点用处也没有的。"

太子丹连连点头说："是呀，是呀，我也是这么想的，所以就更加忧虑了。"

荆轲接着说："现在樊於期得罪了秦王，秦王正四处追捕他，而燕国督亢（dū gāng）*这地方，又是秦王一直想要霸占的地盘。我想，只要能拿到樊於期的头和督亢的地图，事情就好办了。"太子丹一听，感到十分为难。他说："樊将军在走投无路的时候来投靠我，我怎么能够昧着良心再出卖他呢？"荆轲朝他看看，就不再说下去了。

过了五个月，太子丹又来见荆轲。他说："如今秦国已攻破赵国，很快就要兵临燕国，形势非常紧迫。我想先派秦武阳去秦国行刺，我看如何？"荆轲一听，当场发起火来："咳，太子为什么要派一个去了就回不来的人呢？我之所以迟迟没有动身，是在等待一个合适的伙伴啊。"

督亢
燕的膏腴之地。今天，在河北省涿州市东南有督亢陂。

荆轲刺秦王

141

于是，荆轲独自去会见樊於期，对他推心置腹地说："听说樊将军得罪了秦王，你的父母和妻儿都被秦王活活烧死了！秦王还出了封邑万户、赏金千斤的悬赏，到处追捕你。我真替将军痛心哪！今天我有一言相告，既可替将军报仇雪恨，又可解救燕国的危难，不知将军有什么打算吗？"

樊於期也是个豪爽的人，他仰天长叹，毫不隐瞒地说："我一想到此处，就痛入骨髓。我当然想报仇了，只是势孤力薄，一时找不到好办法。先生来指教我，就再好也没有了，我愿意听从你的吩咐。"

荆轲开门见山地说明了来意："我希望得到将军的脑袋，连同燕国督亢的地图，一起去献给秦国。秦王得到这个消息，一定喜出望外，就会亲自接见我。我趁机用左手抓住他的袖子，右手拔出剑来刺他的胸膛，并历数他欺压燕国的罪恶，指责他杀害你一家人的冤孽。你看这个办法好不好？"

樊於期听到这里，顿时热血沸腾，霍地站起身来，激动地拿起刀子说道："太好了，这正是於期昼夜盼望的事，今天就全听你的了。"说罢，他挥刀自刎。

太子丹知道了，赶紧驾车赶来，伏在樊於期的尸体上放声大哭。但事已至此，也没有别的办法，他只能决定按照荆轲的办法去做。太子丹任命荆轲为特使，派少年勇士秦武阳做助手，用一个匣子盛着樊於期的头和燕国督亢的地图，让他们代表自己去献给秦王。

荆轲说走就走，当即出发。太子丹和参与这个计谋的人都穿戴着白色的衣帽，在易水河边为他们送行。祭过路神，就要上路。高渐离敲着筑，荆轲和着节拍唱歌，声音悲壮，众宾客都流着眼泪低声哭泣。荆轲举起酒杯,慷慨激昂地唱起了"风萧萧兮易水寒,壮士一去兮不复还",歌声激愤,唱得人人怒发冲冠,唱到悲壮的地方,大家都痛哭流涕。唱完之后,荆轲和秦武阳一起上车离去。

到了秦国的都城咸阳,秦王听说燕国派人来献樊於期的头和督亢的地图,高兴极了,立即举行隆重的迎接仪式。

秦王当中而坐,文武百官陪坐两边,数百名卫士手拿着戟(jǐ)*,威风凛凛地侍立两侧。荆轲捧着樊於期的头,秦武阳捧着督亢的地图,缓步上殿。这时候,殿上钟鼓齐鸣,乐声响彻殿宇内外,官员们山呼万岁,声如雷霆。面对这等场面,秦武阳吓得脸色煞白,两条腿不由自主地打起哆嗦来,再也迈不开步子了。

秦王见状不由得感到奇怪,荆轲却不动声色,朝秦武阳望了望,就走到秦王跟前,赔罪说:"大王不必惊疑!他是未见过世面的北方荒僻地区的村夫,从没见过天子,因而吓得发抖。望大王见谅。让我们照常完成献礼仪式吧。"

秦王说:"好,你把地图献上来吧。"

秦王接过地图,打开来看,等到地图快展开时,预先藏在里面的匕首就露了出来。

说时迟,那时快,荆轲迅速用左手抓住秦王的衣袖,右手举起匕首对准了他的胸膛,慷慨激昂地谴责起秦王的罪行来:"燕王的母亲生病,太子丹催我早日出发,要为他出这口气。你这个该死的暴君,欺凌燕国好多年!对待其他各国也一样的残暴!樊於期将军并没有罪,你却把他的全家都杀害了。你那么贪婪,从不满足!我今天就要替天下人报仇雪恨!今天若听从我,就让你活;不然的话,马上就要你的命!"

> **戟**
> 古代兵器,在长柄的一端装有青铜或铁制成的枪尖,旁边附有月牙形锋刃。

荆轲刺秦王

143

秦王吓得瑟瑟发抖。殿下的文武百官和数百名卫士也都一个个大眼瞪小眼，急得束手无策。

秦王眼看要死了，只好苦苦哀求说："今天的事，我全都听你的。只求你让我听听平时最爱听的琴声，然后再死吧。"荆轲心想：听听琴有啥了不起的？于是，他点了点头。

后宫来了一个宫女，在边上弹起琴来。这个宫女一边弹琴，一边用当地土话唱起了一支歌："丝绸的单衣，一拽就撕开了；八尺高的屏风，一跨就过去了；辘轳似的剑把就在背后，一拔就出来了。"

这歌字字句句都在暗示秦王，可偏偏荆轲是外地人，一句也听不懂。秦王心领神会，连忙从背上的剑鞘里拔出剑来，一下子就割断了衣袖，转身跨过屏风，朝殿后逃去。

荆轲急了，举起匕首朝秦王投过去，匕首刺穿了秦王的耳朵，又击中了背后的铜柱，迸得火星四溅。秦王一看，荆轲手里已经没有了武器，顿时壮起胆来，转过身去，用宝剑恶狠狠地砍断了荆轲的两只手。

荆轲双目圆睁，正气凛然，靠在柱子边上哈哈大笑。他盘腿坐在地上，大骂起来："都怪我把这件事看得太容易了，才上了你这个暴君的当。可惜燕国的大仇没有报，我的大事没有成功啊！"

【故事来源】

据《燕丹子》译写。

叶限姑娘

在岭南的老百姓中，流传着这样一则美丽的传说。

据说在秦汉以前，那里有一个部落，部落首领姓吴，称为峒（dòng）主，也称洞主，所以当地人都把那个地方叫作"吴洞"*。

吴洞主的老婆死了，留下了一个女儿，名叫叶限。吴洞主后来又娶了个老婆，也生了个女儿。后母喜爱自己的亲生女儿，却老是让叶限去干活。说起来，叶限姑娘从小就很聪明懂事，吃苦耐劳，随便什么活儿交给她去做，她总是做得像模像样的，尤其擅长在沙里淘金，所以吴洞主一直很疼爱她。谁知道在一年冬天，吴洞主去世了。在小小年纪，叶限就没有了双亲，她的日子就更难过啦。后母一直把她当成眼中钉、肉中刺，不是打，就是骂，一会儿叫她上悬崖砍柴，一会儿又让她下深涧汲水。她整天从早忙到晚，只能把眼泪偷偷地咽进肚子里。

有一次，叶限去打水，在深涧里看见一条小鱼，两寸来长，红艳艳的背脊，金灿灿的眼睛，可爱极啦。叶限用手去摸它，它也不逃，老是围在叶限跟前打转。叶限正愁一个人太孤单了，就把小鱼偷偷带回了家。她找来一只木盆，盛满水，把小鱼养在盆里。

这鱼渐渐长大，叶限为它换了一只大一点的盆。过几天，盆又放不下它了，叶限只好再换。一连换了几次盆，还是不行，叶

> 吴洞
> 据考证，在今广西扶绥县。

限索性把它放到屋后的池塘里去。她待小鱼很好，就像待自己的小妹妹一样，经常将自己省下来的食物撒到池塘里，喂给鱼儿吃。那鱼儿听得出叶限的脚步声，叶限一到，它一定会露出头来，靠在岸边，亲热地看着叶限，等着她喂食。如果是别人走过去，鱼儿就躲到水底下，不再出来。

叶限的后母知道了这件事情，心里不是滋味，鱼儿为什么跟叶限这么好，却不跟自己好呢？她要弄个水落石出。每当叶限经过池塘边，她就悄悄地守候在一个隐蔽的地方观察，可是守了好几次，一次也没见到鱼儿。她恨死了，恨得咬牙切齿，想出了一个坏主意。她一边假惺惺地对叶限姑娘说："你这几天太辛苦了，妈给你做了件新衣裳，来，换上试试看。"另一边，她就趁机把叶限的旧衣裳换下来，藏了起来。后来，后母又叫叶限到另一个泉里去汲水，那泉离住的地方很远，要走好几里路呢。叶限一走，后母就拿出叶限换下的旧衣裳，穿在身上，袖筒里藏着一把非常锐利的匕首，走到池塘边。她学着叶限走路的样子，装着叶限的声调，一迭连声地喊着鱼儿。

鱼儿果真上了当，它以为是叶限姑娘来了，高高兴兴游到岸边来。说时迟，那时快，狠毒的后母一匕首刺过去，池塘里顿时泛出一片血水来。鱼儿被后母杀死了。

这时候，鱼儿已经长到一丈多长了。后母把鱼肉烧成菜，她觉得味道比普通的鱼不知道要好多少倍。吃完鱼肉后，后母又把鱼骨头藏在粪堆下面。

过了一天，叶限姑娘汲水回来了。她放下水桶，连忙到池边去看望鱼儿，可喊了老半天，也不见她的好朋友游过来。鱼儿到哪里去了呢？叶限姑娘好不伤心，忍不住跑到野外号啕大哭起来。

忽然,一个穿着粗布衣裳、披着长头发的人从天而降,她拍拍叶限的肩膀,亲切地对她说:"好姑娘,不要哭了,过分悲痛是会伤身体的。告诉你吧,鱼儿是你的后母杀死的,骨头就埋在粪堆下面。你回家以后,悄悄地把鱼骨头取出来,藏在房间里,对谁都不能说。那鱼骨头可是宝贝呢,你想要什么,只要向鱼骨头祈求,事情都会如愿以偿的。"说罢,这个人就不见了。

叶限照着去做,果然十分灵验,金银宝贝、山珍海味,她要什么,就有什么。

一年一度的吴洞节又要到了。按照当地风俗习惯,部落里的男女老少都要穿上新衣服,打扮得漂漂亮亮的,高高兴兴地参加节日聚会。后母打算带着她的亲生女儿参加,早早地就开始准备了。叶限表达了自己也想去的愿望,后母却朝她瞪了一眼,严厉地说:"你又没有新衣裳,去干啥?给我老老实实地在家里看守庭园里的果子,少了一个果子,我就打断你的腿!"

叶限多么想去跳舞啊,可是她却不敢开口,只是等后母她们走得很远很远之后,取出鱼骨头,向它祈求为自己打扮一番。

鱼骨头有求必应。不一会工夫,叶限身上就披上了一件绿茵茵的翠鸟羽毛编成的新衣服,脚上穿着一双闪闪发光的金鞋子,打扮得非常漂亮。她容光焕发地赶到了会场。

部落里的青年小伙子谁也没见过这么漂亮的女孩子,都围了上来,争着要跟叶限姑娘跳舞。后来,后母的亲生女儿认出她来了,悄悄地对母亲说:"娘,你看,这个姑娘怎么看着那么像阿姊?"

后母也起了疑心,正想挤到人群里去看个仔细,叶限姑娘发觉了,她怕后母责骂,急忙离开人群,却不小心把一只金鞋子丢在了场上。

后母在场上找不到叶限，就往家里赶去。她一进门，就看见叶限正抱着庭园里的一棵果树睡觉呢，也就不再怀疑她了。

再说，吴洞靠海，海里有个岛国，名叫陀(tuó)汗，兵力十分强大，统治着附近几十个岛，水域有好几千里呢。那天，叶限跌落的金鞋子被一个洞人拾到了，他把这只鞋卖给了陀汗国。陀汗国的国王得到了这只鞋之后，就念起它的主人来，心想："穿金鞋子的姑娘一定是天底下最漂亮的女子，要是能娶过来做我的妻子，该有多好啊！"于是，他就叫身边的女子都来试穿这只鞋。结果呢，谁穿上去都嫌鞋小，就连最小的脚，鞋也要比它再小一寸。

于是，国王下了一道命令，让全国的女子都来试穿。试来试去，没有一个人的脚合适。

这只金鞋轻得像根羽毛，踩在石头上也不会有一点儿声响，陀汗国王越看越奇怪，心想：这会不会是吴洞人通过什么见不得人的途径弄来的？于是，他让手下把那个卖鞋的洞人关押起来，严刑拷打，要他交代金鞋子的来历。可是，那人说来说去还是那么几句话："鞋子是拾来的。谁丢的鞋？不知道。"

于是，陀汗国王又想出个主意来。他下令把这只金鞋带到吴洞的大路上，挨家挨户寻找它的主人，如果哪个女子能穿上，就把她带回来。

就这样又折腾了好多天，还是一点着落也没有。陀汗国王十分生气，索性一不做二不休，下令挨家挨户去搜查，非要查个水落石出不可。这样一来，终于搜到了叶限姑娘家。叶限姑娘穿上这只金鞋，嘿，不大不小，刚刚好！

叶限又拿出另外一只金鞋穿上，披上那件翠鸟羽毛编成的漂亮衣服，顿时像天上仙女下凡一般，美丽极了。搜查的人不敢怠慢，连忙带她去见陀汗国王。叶限姑娘把鱼儿的事一五一十地说了出来，国王好不高兴，当即下令把叶限姑娘和那神奇的鱼骨一起带回陀汗国去。

叶限的后母和妹妹懊恼极了，为什么好事偏偏让这个丫头撞上了呢？她们实在想不通，就奔出门去追。这时，从天上飞下来许多乱石，母女俩被砸死了。乡亲们可怜她们，把她们的尸首埋葬在石坑里，把这个坟墓叫作"懊女冢(zhǒng)"。

到了陀汗国，国王封叶限为王后。

【故事来源】

据唐朝段成式《酉(yǒu)阳杂俎(zǔ)》续集卷一译写。《叶限姑娘》是灰姑娘这类故事的最早文本。今天广东的《疤妹与靓妹》、广西壮族的《达稼与达仑》、四川彝族的《阿茨姑娘》、广西京族的《米碎姐和糠妹》和朝鲜族的《孔姬和葩(pā)姬》，说的都是同一类型的故事。

秦始皇见海神

秦始皇统一六国之后，雄心勃勃，一心想把帝王的基业千秋万代传下去。

这一年，他率领浩浩荡荡的队伍东巡，来到了烟波浩渺的东海边，只见海天一色，无边无涯，好不气派。这时候，他忽然闪出一个念头来："太阳不正是从东方升起来的吗？听说太阳升起来的地方十分壮观，可谁也没有到过。别人没到过，那是他们没本事；我都统一六国了，难道还到不了太阳升起的地方？既然我能造万里长城，为什么不再造一座万里长桥呢？这座桥一直朝东伸过去，伸过去，总有一天，可以到达太阳升起的地方。"

想到这里，秦始皇一声令下，征集民工，开始在东海边上造起石桥来了。

有个海神知道秦始皇要造石桥，就来帮他的忙。海神手里有一根"赶山鞭"，这条鞭子非常厉害，一抽，石头就全都像人似的站立起来，一块跟着一块，排着长长的队伍，拼命地向东海边上跑去。不一会工夫，一条石塘就被筑起来了。有了石塘，第二步就可以继续向海里延伸过去，一步步地造起石桥了。海神老是嫌石头跑得不够快，就用鞭子在石头后面抽打，一块块石头都流出了血。

所以，今天你到城阳山*一带去看，那里的石头都是红颜色的，而且一块块都直立着，向东倾斜，像在赶路。老人们说，这就是当年海神用赶山鞭赶山，最后留下来的那一批石头。

秦始皇知道了这事，高兴得连胡子都翘了起来，点起三炷香，诚心诚意地向上天祈祷，说是要跟海神见一次面，好好谢谢他。

海神托梦给巫师，说道："你们的皇帝要见我，这事可以答应。只是我的模样长得太丑，你们千万不要把我的模样画下来。要是你们能做到这一点，那就约定个日子，我会出来跟你们的皇帝见一次面。"

巫师乐颠颠地跑去启奏秦始皇，把海神的要求一五一十地说了一遍。秦始皇说："这还不好办吗？传我的旨，谁也不许画。"于是秦始皇又通过巫师传话，和海神约定，在造石桥的地方，沿着那条向海里延伸出去的石塘，朝东一直走三十里，在塘上见个面。

一见面，海神果然长得很丑很丑。人世间有许多丑八怪，可是谁也比不上海神。海神究竟怎么丑，简直就没办法形容了。秦始皇周围的人都不敢动手作画，其中一个官员实在忍不住了，就偷偷地用脚尖在地上拖来拖去，其实呢，他在想着把海神的模样画下来。

谁知道，海神的目光非常敏锐，别看他正在跟秦始皇说话，一双眼睛只要骨碌碌一转，谁在悄悄地做什么事，他都一清二楚。海神发觉有人在画他，顿时勃然大怒，大声地对秦始皇说："你这个言而无信的家伙！当初说好了的，不许画，不许画，怎么还有人在画？快给我滚回去！"秦始皇大吃一惊，来不及细想，就勒转马头往岸上逃去。说时迟，那时快，他们一边拼命

> 城阳山
> 今山东日照市莒（jǔ）县一带。

逃,一边听得耳边有轰隆隆的响声,震耳欲聋,煞是可怕,前脚刚刚过去,后脚踩着的石塘就开始崩坍了。

秦始皇他们好不容易逃到岸上,回头一看,可不得了,就这么一会儿工夫,一条三十多里长的石塘全都坍塌到海里去了。秦始皇一细查,随从官员中只有那个用脚画海神的官员没回来,准是淹死在海里了。

海神一发怒,再也不肯为秦始皇赶山了。这样一来,那座万里长桥怎么还造得起来呢?

【故事来源】

据南朝梁殷芸《小说》卷一译写。据唐朝李吉甫《元和郡县图志》卷十一记载,在山东文登县东北的大海里,有时还可以看见一根根石柱子,据说就是当年秦始皇造石桥留下来的。

李信换头

在秦汉时期，陈留（今河南开封一带）这个地方有个读书人，名叫李信，在三十八岁那年，他遇上了一件麻烦事。一天夜里，他正在睡觉，迷迷糊糊中看见两个差役闯进来，听见他们气势汹汹地问："喂，你是李信吗？"

"是的。"

"跟我们走一趟！"差役二话不说，就用一条铁索往李信头上一套，拉着他就走。跌跌撞撞地走了不少夜路，来到一座宫殿前，李信抬头一看，是"阎罗宝殿"四个字。李信吓得冷汗直冒，哭丧着脸问："贵差怎么把我带到这儿来啦？"

差役放声大笑，笑声好似猫头鹰的叫声，让人毛发悚然。笑罢了，差役才说："我们是阴间的小鬼，上司叫抓谁就抓谁。你是李信吗？"

"是呀，我是李信。"

"这就对了，走！"差役手里的铁索猛地一收，李信感到头颈疼痛难忍，一个踉跄，就跌进了阎罗宝殿。

李信一见阎罗王，就大喊冤枉。阎罗王不耐烦地问："你有什么冤枉？一个人该活到几岁，我这儿的本簿记得一清二楚。你叫李信，今年三十八岁，要死了，本簿上记得清清楚楚。你说错在什么地方？错不了的。"

李信连忙说："陛下，小人今年三十八岁，这固然不错。不过小人家中尚有老母，今年六十一岁。倘若小人先死，撇下她一人，谁来照料她呢？俗话说，黄梅不落青梅落，白头人送黑头人，这是最伤心不过的事了。祈求陛下开恩，暂且放小人回去侍养老母。待老母寿终正寝之日，小人一定陪着老母一同来拜见陛下。"

阎罗王搔搔头皮，拿不定主意了："噢，原来你并非贪生怕死，而是为了尽孝。这倒有些不好办了。"说罢，他吩咐手下差役传陈留郡判官上殿。

不一会儿，判官挟着生死簿来了。阎罗王说："你查查，李信的娘阳寿多少？"

判官一查，李信老母阳寿九十，还可以活二十九年。

阎罗王一听，皱眉头了："那这二十九年里她靠谁侍养呢？难得他有孝心，就放他回去算了。"

谁知道判官不同意，他说："陛下容禀，像李信这种事，世上常有发生。当事人哭哭啼啼，说得都很动听。我们阎罗殿的老规矩一向十分严格，谁也不可破例。倘若今天放走李信，明天来个王信，后天来个张信，看样学样，都要求通融，那岂不是乱套了？"

阎罗王也觉得有理，就不再勉强，说道："爱卿言之有理，就照你的去办，把李信带走吧。"

李信抬起头来，看见阎罗王呵欠连连，起身要走，判官满脸奸笑，正盯着他看，而两个小鬼的脸孔铁板一块，正拎着铁索向他走过来。李信知道，已经毫无挽回的余地了，不由得双眼一闭，滚下一串热泪来。

两个小鬼把李信带到了陈留郡。判官一坐上官椅，就发起威来："大胆李信，居然越级上诉，你可知罪？为了编写这生死簿，我不知花了多少心血，你一个普通百姓懂个屁，居然也想来找岔子，真是口吃灯草——说得轻巧。在这个世上，儿子死了而母亲还活着的事多着呢，有什么冤枉？你这一搅，搅乱了阴间规矩，还要我这个判官做啥？真是混账！"

判官一顿臭骂之后，两个青面獠牙的小鬼上来就提起李信的两条腿，倒悬着他，要把他扔进大油锅。油锅下面燃烧着熊熊炭火，满锅的油翻滚着，只要李信的头一碰到油，马上就会溃烂不堪。

说时迟，那时快，李信的头刚浸入油锅，就听见门外一声高喊："且慢！"

两个小鬼赶紧把李信往上一拎，还好，只是头面烂了，身躯四肢没有受损伤。

来的正是阎罗王的贴身侍从，判官不敢怠慢，连忙笑脸相迎。他问："你有何吩咐？"

"大王有令，传李信到大殿相见。"

阎罗王怎么又要召见李信了呢？原来，阎罗王刚才回到后宫，把李信的事跟老婆一说，老婆竭力劝他："像李信这样的孝子真是世间少有，大王近来提倡孝道，收效甚微，何不借此机会大加旌表*，也好宣扬宣扬下大王的德政呢？！"阎罗王的耳朵根一向很软，听完觉得有道理，就连忙派小鬼传见。

陈留郡判官一听大王传见，马上猜出来李信这个人要还阳间了。他朝地下一看，李信的身躯还好好的，偏偏一颗头已经烂得不成体统了，心想：万一阎罗王责怪下来，我这判官的乌纱帽岂

旌表
封建统治者用立牌坊或挂匾额等方式表扬遵守封建礼教的人。

李信换头

不是保不住了？！

忙乱之中，判官忽然想出一计。他随手从死牢中割下一个胡人的头颅，并对李信说："李信，你的好运要来啦。大王唤你，十有八九是要暂时放你回阳间侍奉老母。不过你的头面刚才已经被烫坏，大王见你这副模样，万一觉得这会败坏阴间的名声，又改变了主意，不让你回去了，岂不是让你遗恨终身？！我给你出个主意，我这儿有一颗胡人头颅，虽说丑陋一些，鼻眼嘴耳倒是一样不缺。我给你换上，装装门面，想必大王也不会计较的，愿意当即放你回去。你可愿意？"

李信一听说可以回阳间，哪里还会计较这些，便一口答应了。当即，就有小鬼来替他换头。

一切就绪后，李信起身要走，判官又把他叫住，说道："你见大王时，说话要小心，不该说的不能说，油锅之事是万万提不得的，你的头也万万抬不得，只许低头，蒙混过关，万一被大王认出这是个假头，我们就前功尽弃了。你从大王那里回来后，再到我这儿来，我一定替你寻一个相貌端正一些的人头来换上，你回到阳间也好风光一些。这几件事全是为你好，你可别疏忽大意了！"

李信十分感动，跪下去连叩三个头，然后跟着小鬼二上阎罗殿。

见过阎罗王，阎罗王倒也没多问，只是对那小鬼说："这个李信，暂且放回阳间。刚才陈留郡判官主张维持原判，也是恪守职责，一片好心。为了不使他为难，你不必再让李信回本司办理手续。传我的旨意，直接送他出丰都*吧。"

李信暗暗叫苦，正想开口分辩，要求到陈留郡判官那儿再去换个好头，却又怕弄巧成拙，回不去了。正在犹豫时，那边的小

丰都
重庆市有一个县城叫"丰都"，一直被称为"鬼城"，也为道教"七十二福地"之一。这里流传着许多鬼神传说，《西游记》等名著对"鬼城"有详细的描写。

鬼拍拍他的肩膀，不由分说地挽着他的手臂，拉他上了路。

不一会儿，出了丰都城，李信看见前面是万丈深渊，惊恐万分。他刚要退缩，边上的小鬼将他猛地一推，他收不住脚，跌下了万丈深渊。李信吓得骇叫一声："妈呀！"

睁开眼来一看，自己好端端地睡在自家床上，似梦非梦，怎么也搞不清楚刚才究竟是怎么回事。他睁开眼的头件事就是伸手去摸自己的脸。这一摸，摸到了满脸胡子，心想：怪了，自己从前没有络腮胡子啊。再一摸，坏了，鼻子也高了不少，脸皮也粗糙了许多。这可怎么办？看起来这梦非比寻常，换头是确定的事了。

李信懊恼万般，推推睡在边上的妻子，问道："娘子，你听得出我的口音吗？"

半夜时分，他的妻子突然被推醒，有些丈二和尚摸不着头脑，但一听口音，的确有些不一样。她迷迷糊糊地说："你大概伤风了，怎么说起话来瓮声瓮气*的？"

瓮声瓮气
形容说话的声音粗大且低沉。

李信说："我倒大霉啦！刚才我做了个噩梦，跟你一时也说不清，你帮我一个忙好吗？"

"你尽管吩咐，我一定照做。"

"那好，你千万记住，不要看我的脸，也不许让别人偷看我的脸。明早你一起床，就用被子将我蒙头盖住，一日三餐都送饭菜到床头，然后出去，把门关上。我自己会吃的。熬过了这一天，让我夜里再做个梦，或许就万事大吉了。"

他妻子睡意正浓，也没细细琢磨这话的意思，便一口答应下来，翻个身，又继续睡着了。

第二天一早，她起床后，随手将被子朝李信头上一蒙，就去做早饭。做完早饭，想起了丈夫的交代，便盛了碗稀饭，连同两个馒头和一碟酱菜，端进房去，放在了床头。

她正要离开，忽然想起半夜里丈夫说的话，再细一琢磨，总觉得有些不对劲，便一时好奇，忍不住掀开被角偷看了一下。

这一看，竟然发现被窝里睡着的是一个胡人，有高高的鼻梁、浓浓的络腮胡子，吓得她跌跌撞撞地冲出了房门。缓过神后，她赶紧跑到了婆婆那里："婆婆，你儿子昨夜不知怎么做了个噩梦，连人也不见了。今早却有个陌生的胡人睡在媳妇的床上，这可如何是好？"

婆婆顿时大怒，拿起一根龙头拐杖，颤巍巍地赶到了儿子的房间。她猛地一掀被头，看见的果然是一个胡人，一气之下，抢起拐杖就打。

李信连忙高喊："娘，别打了，别打了，我是你儿子阿信呀！"

老太太怎么会相信？她心想："这明明是个胡人，高鼻梁、络腮胡，我老太婆眼睛又不花，难道连亲生儿子也认不得了？你越喊，我越要打。"李信左拦右挡，大声喊叫，头上结结实实挨了十几拐杖。

吵闹声传到外面，邻舍都来相劝，老太太这才住了手。李信头破血流，狼狈不堪，哭哭啼啼地把昨天夜里到阴间走了一趟的事说了出来。他的话说得真切，老太太冷静下来仔细一听，辨辨口音，倒确实是儿子的口音，摸摸四肢身体，也确实是儿子的，就是换了个头。老太太后悔莫及，抱着儿子大哭起来。

这事后来传到了京城，连皇帝也知道了。皇帝说李信孝心可嘉，还给他封了一个"孝义大夫"的头衔呢。

【故事来源】

　　据敦煌石窟藏书句道兴本《搜神记》译写。南朝宋刘义庆集门客所撰的《幽明录》里有一则《贾弼(bì)之换头》。唐宋以来,此类故事的记载也一直不断,还有什么换脚、换心的故事,都很有趣。古代的外科手术不可能这样先进,但是幻想往往会给科学以启发。

扫码收听
中国经典民间故事有声书

作者简介

顾希佳 | 中国著名民俗学家

1941年生，浙江嘉善人，杭州师范大学人文学院研究员。

从1979年开始，与民间文学结下了不解之缘，长期从事民俗学、民间文学、传统文化方面的研究，阅读古籍、钩沉其中的民间传说和故事材料已有四十年。

迄今已出版著作60多部，主要有：

《中国古代民间故事长编》（共6册）（300多万字）

《祭坛古歌与中国文化》　　《礼仪与中国文化》

《新编今古奇观》　　　　　《龙的传说》

《搜神记》选译　　　　　　《西湖竹枝词》

《东南蚕桑文化》　　　　　《浙江民间故事史》

《中国古代民间故事类型》

《中国节日志·春节（浙江卷）》（主编）

《运河记忆：嘉兴船民生活口述实录》（执行主编）

《中国文字 中国故事》（共3册）……

著作多次获得中国民间文艺最高奖"山花奖"（"山花奖"为国家级民间文艺大奖，与电影"百花奖"、电视"金鹰奖"、戏曲"梅花奖"、舞蹈"荷花奖"等齐名为我国文艺界的最高奖项）和其他多种奖项。

插画师简介

高西浪 | 书画家 漫画家 插画师

毕业于鲁迅美术学院书法学专业。

作品多次获国内外大奖,在诸多权威报刊发表,被多家美术馆收藏。15岁时,书法作品在日本秋田美术馆举行个人展出。

荣宝斋书法院院长王登科在看到高西浪的水墨画后,题说:

"世俗中的神韵,风物里的人生,笔墨间的世相,漫画间的深情!"

著名编剧梅英菊评价他:

"高西浪老师能用最素净的笔墨将凡尘俗事表现得趣味盎然;能用最简约的线条将一人一物刻画得充满哲思和禅意。画中窥人,他应是一位世外高人,对生活有大智慧,对绘画有大执念,对人生有大深情,对万物有大悲悯。"

出版过《奶豆哲学》漫画系列。

为本套书手绘创作15幅插画,包括:《大禹治水》《颜回拾尘》《相思树》《西门豹治邺》《苏武牧羊》《慧能传衣钵》《吕洞宾得道》《大将杨无敌》《侠妇人》《放翁钟情》《杜十娘沉箱》《铁伞毛生》《年羹尧拜师》《郑板桥受骗》《庄叟比武》。

画作摄影:张陆。

孙万帅 | 插画师

从事美术教育和插图工作，在全国各大报刊发表作品数千幅，参与过《中国教育报》《杂文选刊》《杂文月刊》《读书》《格言》等报刊的插图创作。

作品荣获"日本读卖国际漫画大赛"优秀奖，多次在中国美术馆展出。

出版过个人漫画集《智慧兔哲理漫画》。

为本套书手绘创作《曾子杀猪》《凿壁偷光》《李寄斩蛇》《梁山伯与祝英台》《柳毅传书》《镜湖笛声》《窦尔敦焚寺》《压袖荷包》等60幅插画作品。

图书在版编目（CIP）数据

顾爷爷讲中国民间故事. 上古—秦汉 / 顾希佳编写. — 北京：北京联合出版公司，2020.5
ISBN 978-7-5596-4022-2

Ⅰ.①顾… Ⅱ.①顾… Ⅲ.①民间故事—作品集—中国—上古—秦汉时代 Ⅳ.① I277.3

中国版本图书馆 CIP 数据核字（2020）第 034080 号

顾爷爷讲中国民间故事
　　　①
　（上古—秦汉）

编　　写：顾希佳
总 策 划：苏　元
责任编辑：牛炜征
策划编辑：鲁小彬
特约编辑：鲁小彬
插　　画：高西浪　孙万帅
封面设计：主语设计

北京联合出版公司出版
（北京市西城区德外大街 83 号楼 9 层 100088）
北京联合天畅发行公司发行
北京中科印刷有限公司印刷　新华书店经销
字数 110 千字　710mm×1000mm　1/16　11.25 印张
2020 年 5 月第 1 版　2020 年 5 月第 1 次印刷
ISBN 978-7-5596-4022-2
定价：198.00 元（全 6 册）

未经许可，不得以任何方式复制或抄袭本书部分或全部内容。
版权所有，侵权必究。
本书若有质量问题，请与本公司图书销售中心联系调换。
电话：（010）64258472-800